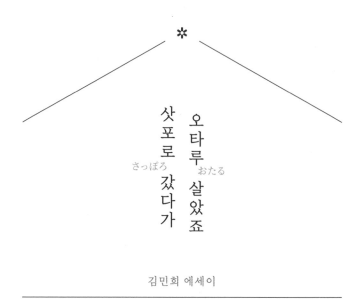

오타루 살았죠
おたる

삿포로 갔다가
さっぽろ

김민희 에세이

삿포로札幌

모리노키 (오타루 小樽)

야마가타 山形

민타로 (야마가타)

● 모리노키|杜の樹 게스트하우스

마사씨 ─ 온화한 카리스마를 지닌 모리노키의 주인장.

마유미짱 ─ 모리노키의 붙박이 헬퍼.

허그씨와 모모짱 ─ 모리노키의 마스코트. 🐾

사치코짱 ─ 오다가다 만나는 모리노키의 이웃.

하나코짱 ─ 모리노키의 독특한 헬퍼.

● 게스트하우스 민타로 헛ミンタロハット

히데오씨 ─ '예스맨'인 민타로 헛의 주인장.

에리짱 ─ 모리노키에서 처음 만나 내 세계를 넓혀준 민타로의 헬퍼.

호리노씨와 무라야마씨 ─ 민타로에서 만난 흰머리의 단골손님들.

이쿠라짱 ─ 자유롭게 살아가는 민타로의 단골손님이자 헬퍼.

요코요코씨 ─ 민타로의 손님이자, 아이누 행사를 소개해준 친구.

밋키씨와 아키라씨 ─ 이제는 친구가 된 민타로의 오랜 단골손님들.

. . . .

김은미 ─ 나의 오랜 친구. 홋카이도에 가는 데 결정적인 역할을 했다.

LEE상 ─ 삿포로를 좋아하는 시인. 어느 문학 행사에서 처음 만났다.

예은 ─ 오타루에서 대학교를 다니던 학생. 일본 생활에 큰 도움을 주었다.

하리 ─ 오타루에서 보낸 첫겨울, 나를 보러 와준 친구.

목차

(01)
여기서는 혼자여도 괜찮아요

(02)

게으른 여행자가 이어붙인 인연들

(03)

다녀오세요, 다녀오겠습니다

여기서는 혼자여도 괜찮아요

(*01*)

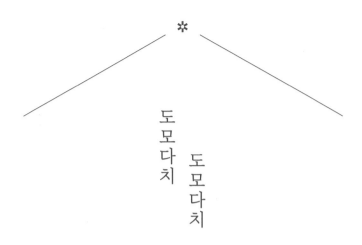

도모다치

도모다치

서른이 넘어 첫 해외여행을 갔다.

심지어 혼자, 삿포로札幌로.

"나 삿포로로 워홀 갈 거야. 가기 전에 한번 보자."

초등학교 동창 김은미의 이야기에 귀가 쫑긋했다. 홋카이도北海道의 한 도시일 뿐인데 얼마 전에 읽은 책 속 이미지 때문일까? 나는 '삿포로'라는 단어 앞에서 무작정 설레기 시작했다. 그래서 여권도 없는 주제에 호기롭게 그녀에게 말했다.

"나 가면 재워줄 거야?"

"당연하지. 엄청 좁겠지만 그래도 괜찮다면 와."

여권도 만들지 않고 몇 달을 그냥 흘려보내고 있는데 그녀에게 다시 연락이 왔다.

"여권 만들었어?"

"아니, 아직. 언제 갈지도 모르는데 뭘 벌써 만들어?"

"당장 만들도록 해! 만들어야 갈 일이 생기는 거야!!"

결국 그녀의 강렬한 어조에 못 이겨 당장 사진을 찍고, 구청에 가서 여권을 신청했다. 일주일이 지나 받아든 여권이 신기해 몇 번을 들여다보며 김은미에게 연락했더니, 다음 지시가 떨어졌다.

"이제 틈틈이 항공권을 검색해보는 거야. 대한항공이랑 진에어가 있는데 가격은 진에어가 조금 더 저렴할 거야. 잘 찾아보렴."

말 잘 듣는 어린아이처럼 열심히 검색했다. 여행사에 다니던 친구의 도움도 받았다. 그렇게 휴가철이 조금은 지난 9월 초, 드디어 나는 (물론 여행사 다니는 친구의 도움을 받아) 삿포로행 항공권 예매에 성공했다. 하지만 일본어를 쓸 줄도 읽을 줄도 모르고, 한자마저도 익숙지 않았다. 영어 역시 중고등학교 6년을 넘게 배워도 잘 못하고… 혼자 비행기를 타려는 스스로의 자신감을 의심하고 또 의심했다.

어찌저찌 신치토세공항新千歳空港에 도착해 입국 심사대에 줄을 서 있으니, 앞에서부터 직원이 돌아다니며 대기자들의 입국 서류를 보고 간단한 영어로 질문하기 시작했다. 별문제가 없으면 서류만 확인하고 다음으로 넘어가는 것 같았는데, 숙소 주소가 문제였다. 내 차례가 되자 직원은 내가 기입해놓은 체류지 주소를 손가락으로 가리키며 물었다.

"호테루(호텔)?"

다행히 그녀의 영어는 알아들을 수 있는 정도였다.

"노, 노! 도모다치, 도모다치(친구, 친구)!"

그녀는 오케이 사인을 주고는 다음 사람에게 넘어갔다. 가슴을 쓸어내렸다.

다음은 수화물 검사였다. 직원이 가방을 살짝 열어보더니 영어로 질문을 던졌다. 지금 생각해보면 '당신의 방문 목적은 무엇입니까?' 정도였을 테고 '트래블'이라고 간단히 대답하면 됐을 텐데, 긴장한 탓인지 다시 한번 되묻고 나서야 간신히 'why' 한 단어를 캐치할 수 있었다.

"도모다치, 도모다치!"

나의 대답(왜 두 번씩 대답했는지 알 수 없지만)에 직원은 웃으며 '재패니즈'냐고 물었고 씩씩하게 '코리안'이라고 대답했다. 좋은 여행이 되라며 손을 흔들어주던 그에게 부끄러운 미소로 화답하고는 게이트를 나섰다. 인천공항의 거대한 게이트에 비하면 아주 조그마한 신치토세공항을 나서니 눈앞에 김은미가 보였다. 첫 해외여행에 나선 나를 걱정해 공항까지 마중을 나와준 것이다. 그녀를 덥석 끌어안았다.

김은미는 아르바이트를 해야 했기에, 놀러오라 한 것이 무색하게 나를 혼자 두는 경우가 많았다. 그럼 나는 그때마다 홋카이도대학北海道大学이나 오도리공원大通公園을 누비며 산책했다. 당시만 해도 겁이 많은 성격 탓에 혼자 식당에 가는 건 엄두도 못 낼 때라 식사는 편의점 음식으로 대신했다. 그저 삼각김밥이나 빵, 우유를 골라 계산대에 내밀면 모니터를 통해 가격이 보이고, 그보다 넉넉한 금액을 지불하면 알아서 잔돈을 거슬러주었으니까. 생각해보면 지금의 '혼자'가 어색하지 않은 이유 중 하나는 이때 김은미의 단련이 있었기 때문이 아닌가 싶다. 혼자 내버려두기. 이때 혼자 지내던 시간이 꽤 인상 깊게 내 몸에 스며든 것 같다. 홋카이도대학 개울가 벤치에 앉아 고구마빵을 먹는데 끊임없이 까마귀가 내 빵을 노리던 일이라던가, 오도리공원을 걷고 걷고 걷다가 분수 앞에서 한참을 멍 때리고 있던 일은 나중에 다시 온다면 또 해보고 싶은 일들이 되었다. 그리고 홋카이도지사공관北海道知事公館에서 은미와 돗자리를 펴고 편의점 도시락에 낮맥을 즐기던 여유로운 한때와 나카지마공원中島公園에서 너무 많은 까마귀들이 방해하는 바람에 자리를 옮겨다니던 일까지. 첫 여행의 잔잔한 여운이 나를 다시 홋카이도로 이끌 것 같은 예감이 들었다.

그때부터 지금까지 여덟 번의 홋카이도 여행을 다녀왔다. 사실 이게 횟수만 여덟 번이지 한 번은 80여 일을, 한 번은 20여 일을 다녀왔으니 짧지 않은 시간을 체류했던 셈이다.

처음 홋카이도를 다녀오고 나서 오래도록 머물게 될 거란 예감까지는 아니지만, 어쨌든 그 비슷한 기운이 나를 내버려두지 않았기에 무작정 일본어 공부를 시작했다. 간단한 단어를 드문드문 알아듣는 나를 보고 은미가 배워보라며 적극 권한 덕도 있었다. 공부 햇수가 2년에 접어들 무렵, 좀처럼 일본어가 늘지 않아 고민하고 있을 때에도 나를 일본으로 등 떠민 것 역시 김은미였다. 한국에서 배우는 것만으로는 한계가 있으니 게스트하우스 같은 데 묵으며 일본에서 지내다보면 자연히 언어가 늘 거라며, 일본어만 쓸 수 있는 환경을 만들라며 나를 재촉하고 응원해주었다.

그때까지만 해도 나는 스터디 시간에조차 과묵한 학생이었다. 내가 알고 있는 일본어가 맞는지 틀린지를 머릿속에서 생각하느라 입 밖으로 말을 꺼내는 것 자체가 어려웠다. 겁 많고, 소심하고, 예민한 내가 낯선 나라에 가서 잘할 수 있을까?

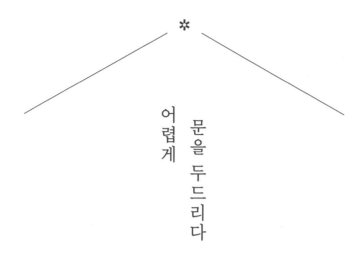

문을 두드리다

어렵게

일본어를 잘하고 싶었다. 어떻게 하면 일본어가 늘 수 있을까? 나란 인간은 말도 통하지 않는 타지에 혼자 머물겠다는 생각을 상상조차 하지 못할 때였기에, 일본에 간다는 선택지 또한 당연히 없었다. 그런 내게 또다른 선택지도 있다는 것을 알려준 이가 (또) 김은미였다. 일본의 게스트하우스에 가서 3개월 정도 머무는 게 어떠냐고 했다. 처음엔 웃으며 넘겼지만 권유가 몇 번 반복되자 진지하게 고민하기에 이르렀다. 그래서 인터넷 검색을 해보았지만 한국 사이트에선 좀처럼 게스트하우스 헬퍼(스태프) 모집 글을 찾기 어려웠다. (지금이라면 일본 사이트도 뒤져봤겠지만 그때는 그런 요령도 없었다.) 홋카이도가 매력적인 곳이라서 빈자리가 더 없었는지도 모르겠다. 하지만 반드시 홋카이도여야 했다. 어쩌면 내 목적은 일본어가 아닌 홋카이도였지 싶다.

오랜 검색 끝에 결국 한 블로그를 통해 오타루小樽에 있는 '모리노키杜の樹 게스트하우스'에서 '우프(WWOOF)***'라는 형식으로 헬퍼를 모집한다는 공고를 발견하게 되었다. 하지만 그 이상의 상세한 설명이 없었다. 그 글 자체가 좀 오래된 글이어서 도움을 요청하는 것은 어려워 보였다. 한번 게스트하우스 홈페이지까지 들어가보았는데, 다행히 그 홈페이지에서 우퍼를 모집하는 페이지를 따로 발견할 수 있었다. 곧장 번역기를 돌려가며 겁도 없이 신청 양식을 작성했다. 눈 속에 고립되고 싶다는 마음 하나만으로 메일을 보낸 뒤 회신 여부를

***   'World-Wide Opportunities on Organic Farms'의 약자로, 주로 농가에서 노동과 숙식을 교환하는 국제적 네트워크다. 그 네트워크에 참여해 타국에 머물며 일하는 사람을 '우퍼(WWOOFer)'라 한다. 호주와 뉴질랜드 등지에서 활발히 이루어지는 방식인데, 나중에 알고 보니 주인장이 뉴질랜드에 다녀온 경험이 있고, 그 경험으로 게스트하우스에 이 방식을 차용한 것이었다.

확인하고 기다리고를 반복한 끝에… 결국 나는 2014년 12월부터 이듬해 2월까지 총 3개월의 체류 일정으로 오타루로 향하게 되었다.

사실 이 결정에는 만난 지 얼마 안 된 시인('LEE상')이 포함된 여행 모임도 한몫했다. 모임이라 부르지만 만나자고 말하기도 조심스러웠던 그때, 나를 제외한 사람들은 다들 대단해 보였고 자유로워 보였다. 나는 여행을 좋아한다고 명함도 내밀지 못하는 그런 초라함을 느꼈다. 그래서 떠나고 싶었다. 그리고 떠나 있으면 겨울에 한 번쯤은 시인이 오지 않을까, 온다면 그래도 연락 한번 주지 않을까, 어쩌면 꿈에 그리던 것처럼 오타루나 삿포로의 골목 어딘가에서 만나게 되지 않을까 생각했던 것 같다.

사실 모리노키에 처음 방문할 때 나는 혼자가 아니었다. 온라인에서 알고 지내던 '슈'라는 언니와 함께였는데, 언니도 우연히 일정이 맞아 동행하게 된 것이다. 일본어에 능통한 언니 덕분에 조금은 든든해진 마음으로 미나미오타루南小樽역에 도착했다. 내리막과 오르막을 반복하며 도착한 곳은 사진에서 익히 보았던 길고 높은 계단이었다. 모리노키에 가기 위해서는 반드시 지나야 하는 계단. 계단이라면 질색하는 내가 어쩌다가 이렇게 계단이 많은 게스트하우스에 오게 되었을까? 하지만 이 계단은 담쟁이로 인해 여름엔 초록으로, 가을엔 울긋불긋, 겨울엔 새하얀 눈으로 뒤덮여 아름다움을 뽐내는, 사진으로만 봐도 무척이나 인상적인 곳이다. 하지만 맥시멀리스트 여행자에겐 고난이 아닐 수 없다. 좌절도 잠시, 피할 수 없다면 즐겨야 한다.

우리는 배낭과 보스턴백을 먼저 옮기고, 캐리어를 옮겨 대문(현관) 옆에 두었다. 문을 두드리기 전에 떨리는 가슴을 진정시키려 심호흡을 했다. 제주도나 부산에서 게스트하우스를 이용해본 적은 있지만 해외에서는 처음이었다. 더구나 손님이 아닌 스태프로서 처음인 곳이 일본의 게스트하우스라니. 나 혼자의 머리로는 상상도 할 수 없던 일이다. 떨리는 가슴이 진정되지 않았다. 결국 우리의 인기척에 안에서 개 짖는 소리가 들리기 시작했고, 곧 주인장인 마사씨가 밖을 내다보았다.

어찌 첫 인사를 나누었는지 잘 기억나지 않는다. 마음의 준비가 안 된 상태로 맞닥뜨려 너무 놀란 탓에 정신이 없었다. 아마 슈 언니가 인사와 소개 정도를 해주지 않았을까. 집중하지 않으면 일본어 대화를 반도 못 알아들을 때라 무슨 말이 오갔었는지도 모르겠다. 다만 몇 가지 감상은 기억난다.

책이 참 많구나. 만화책도 다양하구나. TV로만 보던 일본의 대표 난방기구 고타쓰火燵가 있구나. 마사씨는 언뜻 차가워 보이지만 똥글똥글 귀엽게 생겼구나. 이곳이 내가 3개월을 지낼 곳이구나!

낯설고 두려운 와중에 신기하고 재밌겠다는 예감이 들었다. 하지만 어쩌면 말 한마디 못 떼고 일주일 만에 한국으로 돌아갈지도 모르겠다는 생각도 들었다. 그 당시의 나는 늘 무언가에 주눅들어 있었고, 일본인과 마주쳤을 때 말을 하기는커녕 눈만 껌뻑이기 바빴다. 처음 공고에 지원하며 그러한 나의 일본어 실력을 솔직히 밝히자 마사씨는 일주일의 수습 기간을 제시했다. 처음부터 3개월을 허락해주기는 어렵다는 뜻이었다. 사실 왕복항공권을 예약하는 것이 여러모로 수월한 외국인 입장에서 불확실한 말에 기대기란 조금 곤란했다. 결국 임시방편으로 비행기는 한 달 왕복권으로 끊었다. 만약 일을 하지 못하고 수습으로 끝나게 된다면 나머지 기간은 여행을 할 요량이었다. 불안해하는 나를 아는지 모르는지, 마사씨는 천천히 모리노키 공간을 설명해주기 시작했다.

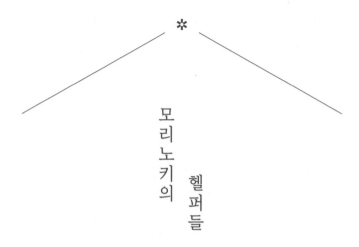

모리노키의 헬퍼들

모리노키에는 여러 생명체들이 존재한다. 주인장 마사씨, 붙박이 헬퍼 마유미짱 그리고 귀여운 마스코트 모모짱과 허그씨! 마사씨 이야기는 자주 나올 테니 그 외 친구들에 대해 소개하겠다.

1. 마유미짱

마유미짱은 지바千葉 출신으로, 일본 전 지역의 게스트하우스에서 일하길 꿈꾸며 이곳저곳에서 일하다 오타루에 머물게 된 친구다. 여자 도미토리 객실 안에 자리한 작은 방이 마유미 짱의 방이다. 그녀는 요리가 특기라 조식을 주도적으로 준비한다. 나는 그 옆에서 조수로 함께했는데, 지금 생각해보면 그때 요리 하나를 제대로 배워오지 못한 것이 썩 아쉽다.

마유미짱은 오전에는 모리노키에서 헬퍼로 일하고 오후부터는 덴구산天狗山 근처에 있는 식당에서 일했다. 가끔 일이 끝나면 마사씨가 이 식당에 데려가주는데 여기 음식이 또 무척 맛있다. 젊은 부부가 운영하는 곳으로 음식이 깔끔하고 실내가 다다미로 되어 있어 어린아이들을 데려오는 젊은 엄마들이 많았다. 언젠가 마유미짱은 오타루에 작은 식당을 차리지 않을까? 그럼 나는 한국에서 친구들을 데리고 또 가야지.

2. 모모짱

모모짱은 모리노키에서 숙식하는 시크한 고양이 헬퍼다. 낮에 손님이 없을 때는 자유롭게 돌아다니다가 손님이 오기 시작하면 서로가 서로에게 방해가 되지 않도록 창가에 묶여 있는다. 하지만 거동이 자유로울 때도 언제나 창가 근처에서 하염없이 창밖을 바라본다. 사색에 잠긴 사춘기 소녀 같은 그 모습이 귀엽다.

세상 시크하게 있던 모모짱이 애교 많은 '개냥이'가 되는 순간이 있다. 바로 모두가 잠들 시간이다. 모리노키는 주방과 식탁이 놓인 식사 공간이 구분되어 있는데, 늦은 저녁에는 그 식탁이 마사씨와 모모짱의 전용석이다. 그 공간에서 마사씨는 SNS도 하고 예약 관리 등의 일을 한다. 그럼 모모짱은 일하고 있는 마사씨 주변으로 다가가 사랑스럽게 사방팔방 본인의 몸을 비벼댄다. 그 모습이 얼마나 놀랍던지… 다른 고양이 아닌가 싶을 정도의 모습이다. 주인에게만 표현하는 애정이라니, 주인으로서 얼마나 예쁠까.

3. 허그씨

허그씨는 출퇴근하는 강아지 헬퍼다. 웰시코기라서 귀여운 엉덩이가 일품인데, 대소변을 가리지 못해 집에 있을 때는 기저귀를 하니 그 귀여움이 배가 된다. 사람만 오면 일단 짖고 보는 집 잘 지키는 개의 전형이지만, 일단 그 사람이 안으로 들어오고 나면 전혀 신경을 안 쓰니 그 부분이 참 미묘하다. 여름이면 현관 앞 마룻바닥에 누워 있고, 겨울이면 고타쓰 옆 빈백에 누워 있는 모리노키의 터줏대감.

허그씨는 특히 청소기를 싫어해서 내가 청소기를 들기만

해도 으르렁거린다. 그리고 청소기를 돌리기 시작하면 후다
닥 와서 청소기 호스를 물어뜯는다. 처음엔 너무 놀랐는데, 마
사씨가 아무렇지 않게 구멍난 호스에 테이프를 붙였다. 그러
고 보니 호스 여기저기에 붙은 테이프 자국이 눈에 들어온다.
흔한 일인 듯싶다. 나는 워낙 잘 놀라는 편이라 매번 허그씨의
돌진에 놀라고 만다. 그럴 때마다 단호하게 '안 돼!'라고 하지
만 역시 내 말보단 마사씨의 말에 깨갱하곤 한다. 그 모습조차
하찮아서 귀엽다.

아, 모리노키의 헬퍼들은 모두 귀여운 여자아이들이다. 물
론 나를 포함해서!

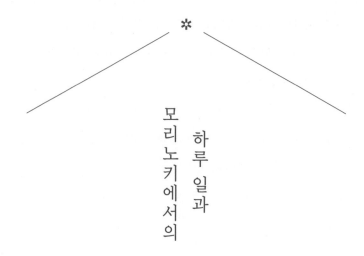

모리노키에서의 하루 일과

모리노키에서의 하루는 스토브의 전원을 켜는 것부터 시작된다. 마사씨는 밤에 건조하기 때문에 자기 전에 스토브를 끄고, 추우면 중간에 다시 켤 것을 당부했다. 그러다보니 알람을 맞춘 것도 아닌데 새벽 5시면 꼭 추위에 잠이 깬다. 그럼 커튼이 쳐져 있는 개인 침대에서 손만 빼꼼 내밀어 바로 옆에 놓인 스토브의 전원 버튼을 누르고는 다시 잠을 청한다. 그리고 6시 50분에 일어나 10분 동안 씻은 뒤 스킨로션만 대충 바른 얼굴에 눈썹도 그리지 못한 채(나에게 눈썹은 상당히 중요하다)

비몽사몽한 상태로 방을 나선다.

7시가 조금 넘은 시간, 주방으로 가서 마유미짱의 조식 준비를 도우며 근무를 시작한다. 모리노키에서는 그녀에게 전날 조식을 신청하면 390엔에 든든한 가정식을 먹을 수 있다. 가끔 손님의 요청에 따라 조식 시간이 변경되기도 하지만 보통은 그때부터 한 시간 정도 준비해 오전 8시에 다 함께 아침을 먹는다. 아침을 먹고 잠깐 커피를 마신 뒤, 설거지나 뒷정리를 하며 주방일을 마친다.

체크아웃하는 손님이 있다면 그들을 배웅하고 나서 그들이 사용했던 시트를 걷어 세탁기 앞의 바구니에 넣는다. 체크아웃 손님이 없다면 현관 정리를 하고, 계단에 쌓인 눈을 치운다. 보통 조식을 준비하는 동안 마사씨가 먼저 해놓는 경우가 많은데, 눈이 많이 오는 날은 시시각각 눈을 치워야 해서 나도 일손을 돕는다. 눈 치우는 일은 비교적 좋아하는 편이다. 아무도 밟지 않은 눈을 가장 먼저 만날 수 있으니까. 덕분에 어느덧 모리노키에서 계단 청소하는 걸 제일 좋아하게 되었다. 겨울엔 눈을 치우고 봄과 가을엔 낙엽이나 쓰레기를 쓰는 일이라 어떤 면에서 가장 힘든 일임에도, 내가 이 일을 좋아하는 이유는 동네의 차분한 아침 풍경을 볼 수 있기 때문이었다. 각자의 집 앞을 청소하는 동네 어르신, 꽃에 물을 주는 아랫집 여자, 쓰레기를 지정된 장소에 내놓는 이웃들과 반갑게 인사를 할 수 있다.

"안녕하세요."

그렇게 밝게 아침 인사를 하고 나면 이상하게도 마음이 정화되는 기분을 얻는다.

손님들이 체크아웃을 하기 시작하면 본격적인 일과가 시작된다. 욕실과 화장실(일본은 대체로 욕조와 변기를 다른 공간으로 분리해놓는다) 청소를 하고, 주방과 거실에서 청소기를 돌린 뒤 대걸레질을 한다. 사실 모리노키는 청소를 해도 그다지 티가 안 나는 맥시멀리스트의 집이었다. 만화책과 소설책, 잡지, 여행자들이 두고 간 여행 책자, 나름 놓인 순서가 있는 그릇, 피아노, 기타, 고타쓰. 이루 열거할 수 없을 정도로 많은 것이 넘쳐나는 집.

공간 정리를 끝내면 마지막으로 침구를 정리한다. 순서는 가끔 달라지기도 하지만 대부분 비슷하다. 처음에는 시간이 꽤 걸렸다. 모리노키는 2층 침대가 대부분인데 2층은 올라가기가 늘 무서웠고, 1층을 정리할 때면 2층 프레임에 여러 번 머리를 찧었다. 매번 소리도 못 지를 정도로 세게 부딪혔는데,

그 소리에 마사씨나 마유미짱이 멀리서 "괜찮아?"라고 물어올 정도였다. 다만 그렇게 힘겹게 정리를 하는데도 마무리 모양새가 늘 마음에 들지 않았다. 요령이 부족했던 걸까. 오래된 침구고 침대에 딱 맞는 사이즈가 아니라 원래 그럴 수밖에 없다는 걸, 한 달 정도 지난 후에야 인정하게 되었다. 그렇게 마음을 좀 내려놓고 나니 여유가 생겼다. 이런 일들을 끝내고 나면 오후 12시 내로 업무가 끝난다. 그때부턴 자유 시간이다. 그럼 외출 준비를 한다.

겨울 홋카이도의 해는 짧다. 오후 4시 정도면 해가 지기 시작하니, 낯선 땅에서 혼자 늦게까지 돌아다니는 게 익숙지 않던 그 시절엔 짧게 동네 구경 겸 외출을 했다. 가까운 사카이마치境町 거리를 걸으며 오르골당이나 카페 르타오ルタオ, 롯카테이六花亭에 들르는 것부터 시작해 운하를 바라보다가 운하플라자運河プラザ에서 시간을 보낸다. 해가 워낙 짧다보니 멀리 갈 엄두가 나지 않았다. 그저 매일 반복되는 이런 산책이 곧 여행이 되었다.

모리노키에서 일한 지 한 달쯤 지난 후 에리짱이 헬퍼로 왔다. 그녀가 오고부터는 함께 외출하는 경우가 많아서 이때부터 행동반경이 좀 넓어졌다. 그녀는 늘 친절했고 나를 배려해주었다. 가게에 들어가서 메뉴를 읽어주고, 상품에 대해 설명해주는 걸 귀찮아하지 않았다. 덕분에 에리짱이 돌아간 이후로도 혼자 저녁을 먹으러 일종의 포장마차촌인 야타이무라屋台村에 가거나 저녁 외출을 하게 되었다.

나는 태생이 겁이 많고 처음 하는 것들을 주저하는 편이다. 그런데 이런 일련의 과정들을 거치면서 처음이 어려워서 그렇지, 누군가 알려주거나 함께해준다면 그다음부터 잘 해나가는 편인 것을 알게 되었다. 처음 누군가와 함께하거나 용기내서 한번 해보면 되는 것인데 그 한 번이 어렵고, 그 처음이 어려웠다. 모리노키는 나의 그 한 번이었고, 처음이었다.

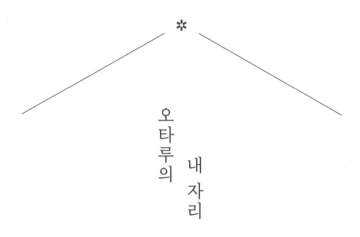

오타루의 내 자리

모리노키에서 헬퍼로 일하던 시기에는 딱히 지정 휴일이 랄 것이 없었다. 나 또한 소심해서 쉬겠다는 말을 잘 못했다. 이곳에 머무는 동안 세 번 정도 친구가 와서 그 시기에 하루씩 휴일을 얻었을 뿐이다. 때때로 생리를 할 때나 몸이 안 좋을 때, 다른 헬퍼에게 사정을 얘기하고 일을 느슨하게 하긴 했어도 쉰 적은 없었던 것 같다. 때로는 저녁에 외박하고 아침 첫 차로 오타루로 돌아오기도 했다. 지금 생각해보면 그렇게까 지 할 필요는 없었는데, 많은 것들을 포기하곤 했던, 아니 그저 묵묵히 받아들였던 첫 헬퍼 생활이었다.

사실 게스트하우스는 손님이 없어도 늘 할일이 넘쳤다. 그래서일까. 일주일이었던 나의 오타루 일정은 다행히 3개월이 되어 비행기를 연장하게 되었다. 내가 떠날 때 가장 아쉬워하던 사람은 나와 같은 헬퍼였던 마유미짱이었다.

"이제 미니짱 가면 어떡하지?"

"에이, 새로운 헬퍼가 올 거야. 걱정하지 마."

"다른 헬퍼들은 미니짱만큼 안 해준단 말이야."

사람들이 다 내 생각 같지는 않나보다. 하긴 중간에 일주일 정도 왔던 중국인 헬퍼는 내가 청소기를 밀고 있을 때, 소파에 다리 꼬고 앉아서 휴대폰을 하고 있더라. 때로는 내게 왜 영어를 못하냐고 짜증을 내기도 했다(희한하게 이런 건 또 알아듣는다). 그러는 자기도 일본어 못하면서. 보다 못한 마사씨가 와서 "너는 여기 헬퍼야. 게스트가 아니야"라고 말할 정도였다.

휴일 없이 내리 일했던 기간이었지만 성실히 일했고, 그렇게 오타루에서 '내 자리'를 만들어낼 수 있었다.

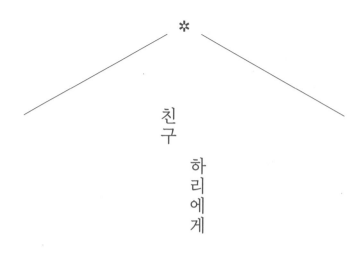

친구
하리에게

오타루에 와서 지내는 겨울의 어느 날, 하리에게 엽서를 썼다. 그녀의 심란한 마음을 알고 있었기에 내가 있는 동안 이곳에서 위안받고 가길 원했다. 나를 핑계삼아 오타루에 와주길 바랐다. 그녀 역시 연말연시를 해외에서 보내겠다는 일념으로 오타루행을 결심하고, 한 해의 마지막날 오타루로 오겠다 전했다. 2014년 12월 31일이었다.

눈이 펑펑 내리는 홋카이도의 연말. 비행기 연착이 줄줄이 이어지면서 마사씨가 걱정어린 눈빛을 보냈다.

"친구, 오늘 늦겠는데. 몇 시 도착 예정이랬지?"

눈이 끝도 없이 내렸고, 특히 한낮의 눈이었기에 낮 비행기들이 연달아 연착되었다. 다행히 늦은 오후부터 비행이 재개되어 늦게라도 비행기에 탈 수 있다는 소식을 들었다. 오전 비행기가 오후로, 오후 비행기가 늦은 저녁 비행기로 미뤄지면서 그녀의 도착은 짐작조차 하기 힘들었다. 숙소의 손님들과 다른 헬퍼들은 연말연시 카운트다운을 위해 모두 맥줏집인 오타루 비루小樽ビール로 향하고, 나와 마사씨만이 남아 그녀를 기다렸다. 원래 계획대로면 숙소에서 저녁을 먹고 카운트다운 이벤트를 위해 가게로 이동했어야 했다.

하리는 밤 11시가 지나도록 모습을 드러내지 않다가 겨우 오타루역에서 택시를 탔다는 연락을 주었다. 우리는 숙소 앞으로 나가 발을 동동 굴렀다. 잠시 후 하리를 실은 택시가 모리노키 앞에 멈춰섰다. 우리는 캐리어를 들고 그 긴 계단을 올라 현관 안쪽으로 대충 던져놓고, 체크인도 하지 않은 채 오타루 비루를 향해 달렸다. 먼저 도착한 숙소 일행들과 합류해 겨우 맥주를 시켜 한숨 돌리려는 순간, 카운트다운이 시작되었다! 다행이다. 하마터면 내년에나 만날 뻔했네.

"새해 복 많이 받으세요!"

아는 사람들이든 처음 보는 사람들이든 눈만 마주치면 신나게 새해 인사를 나누고 '건배'를 외쳤다. 모르는 사람들과 마주앉아 술을 마시고 안주를 나누었다. 낯을 가리는 나지만 이날만큼은 낯가림을 조금 내려놓고 열심히 사람들과 어울렸다. 그러나 역시 하리에겐 당해낼 수가 없었다. 그녀는 나와 달리 유쾌한 성격으로, 처음 보는 숙소 사람들과도 금세 어울릴 수 있었다. 숙소에는 대만 손님이나 홍콩 손님, 일본인 손님들과 헬퍼들이 있었는데, 그녀는 엉터리 일본어와 영어를 마구 섞어가며 샘날 만큼 순식간에 그들과 친해졌다.

새벽에 들어왔지만 또다시 새벽에 하리와 나, 에리짱은 눈만 겨우 뜨고는 밖으로 나왔다. 그리고 사찰의 문인 도리이鳥居***를 지나 엉금엉금 긴 계단을 올라 스이텐구신사水天宮神社에 올랐다. 새해 일출을 보기 위해. 해가 보였는지는 기억나지 않지만 새해에는 좋은 일이 있을 거라는 기대에 찬 얼굴로 서로를 마주보았던 기억만은 선명하다. 추위에 빨갛게 튼 얼

***　　도리이는 일본에서 신성한 곳이 시작됨을 알리는 관문으로, 흔히 신사 앞에서 볼 수 있다. 일종의 속세와 신사를 구분 짓는 경계랄까. 도리이는 전통적으로 나무로 만들고 대개 주홍색으로 칠한다. 오늘날에는 돌이나 금속 등으로도 만든다.

굴이 태양만큼이나 눈부셔 나의 앞날을, 서로의 안위를, 모든 여행자들의 안전을 기원했다. 또한 10년 후에 우리가 다시 이곳에서 만날 수 있기를 기원했다.

하리의 여행 일정은 1월 3일까지였는데, 우리는 이 기간이 일본에서 어떤 시기인지 모르고 숙소를 나섰다가 큰 낭패를 보았다. 가고자 했던 가게들이 거의 다 문을 닫은 것이다. 숙소에 돌아와 마사씨에게 물으니 '쇼가쓰산가니치正月三が日'에 대한 이야기를 해주었다. '정초 3일간'이라는 뜻으로 많은 가게들이 1월 1일부터 3일간 쉰다는 것이다(이 기간에 일본 여행을 할 사람들은 잘 알아보고 가는 것이 좋을 듯하다). 신년 축일은 1월 1일 하루지만 은행이나 관공서들이 3일까지 쉬고, 다른 기업이나 가게들도 본인 재량으로 쉬는 경우가 많다고 한다.

상황이 이렇다보니, 하리와 함께 가고자 했던 꼬치가게 역시 문을 닫았다. 야키토리(닭꼬치)는 포기하고 그 주변을 두리번거렸다. 맞은편에 노란색 간판을 달고 오타루에서만 파는 '오타루 맥주' 깃발이 걸린 집이 보였다. 뭘 파는 집일까 간판을 천천히 읽어보니 양고기구이인 징기스칸을 파는 집이었다. 한국어로 대화를 하며 가게 안으로 들어가자 직원이 뭔가 긴장한 듯 보였다. 확실히 외국인이라곤 오지 않을 것 같은 다누키코지狸小路 골목 끝자락의 가게였다. 가게 안에 손님이 아무도 없었다. 우리는 과연 음식이 맛있을지 의심을 품고 일단 자리에 앉았다. 그리고 곧 메뉴판을 들고 오는 점원을 바라봤다. 점원은 우리에게 징기스칸을 먹어본 적 있냐고 물었다. 한 번 먹어본 적이 있다고 대답하니 약간 안심한 표정으로 주문을 받았다. 잠시 후 한 무리의 일본인들이 들어오고, 그뒤로 혼자 온 남자가 카운터석에 앉았다. 그제야 안심했다. '제대로 들어왔구나!'

가는 날이 장날이라 가고 싶은 가게는 못 갔지만, 다시 가고 싶은 가게가 생긴 것도 나쁘진 않았다. 신나서 삿포로를 헤집고 다닐 거라는 기대와는 달랐지만, 사람으로 북적이지 않은 덕분에 오타루에서 둘만의 시간에 더 집중할 수 있었다.

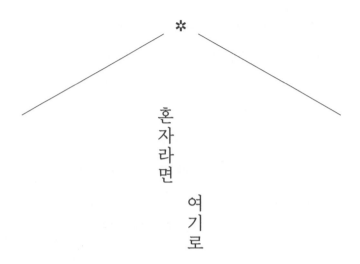

혼
자
라
면

여
기
로

홋카이도에 자주 오는 사람들에게 오타루는 관광지로서 매력적인 도시는 아니다. 관광객으로 북적대는 사카이마치, 사진으로 보기에는 아름답지만 어쩐지 시시하게 느껴지는 오타루운하. 귀엽고 아기자기하지만 아름다움이 넘치기보다는 사람이 넘치는 오르골거리.

각자의 이유로 여행객들은 오타루에 또 오지 않을 사람과 그래도 매해 오는 사람으로 나뉘겠지만, 개인적으로 오타루의 매력은 뭐니 뭐니 해도 작은 가게들과 골목골목의 정감어린 풍경에 있다고 생각한다. 모리노키에서 일할 때에는 오타루에 머문 지 얼마 안 되었으니 그 매력을 차츰차츰 알아가기 시작하던 참이었다. 오타루는 대도시가 아니면서도 어느 정도 대중교통이 잘 되어 있어 '뚜벅이' 여행자가 머물기 괜찮은 동네였다.

여행중에 혼술이 하고 싶어질 때면 야타이무라를 자주 찾는다. 야타이무라는 한국으로 치자면 실내 포장마차 같은 작은 술집들이 옹기종기 모여 있는 곳이라고 생각하면 된다. 징기스칸집도 있고, 어묵집도 있고, 초밥집도 있고, 와인 바도 있고, 꼬치구이집도 있다. 먹고 싶은 메뉴를 골라 들어가거나 나처럼 분위기를 보고 들어가면 된다.

사실 그 거리의 가게에 혼자 들어가기까지 엄청난 용기가 필요했다. 내가 방문한 최초의 야타이무라는 오타루의 렌가 요코초レンガ横丁였다. 구글 맵에는 무려 '술집 거리'라고 적혀 있는데 빨간 벽돌로 지어진 건물 옆에 좁은 골목길이다. 낯섦과 설렘을 동시에 품고 골목으로 들어가 가게를 고르기 시작했다. 선별 기준은 혼자 있는 손님이 있는가다. 아무도 없는 가게는 부담스럽고, 사람이 많아 왁자지껄한 가게도 역시나 부담스럽기 때문이다.

야타이무라를 어슬렁거리며 가게들을 기웃거리다 선객이 한 명 정도 있는 가게를 발견해 들어섰다. 손님이 없으니 주인장과 다른 손님의 시선이 나에게 꽂히기 마련이었다. 이 정도는 참을 만하다.

"혼자인데 괜찮을까요?"

주인장은 흔쾌히 웃으며 자리를 안내했다. 한자에 어려움을 겪고 있기에 메뉴를 보는 척하다가 주인장에게 물었다.

"아, 제가 한자를 못 읽어서요. 추천해주실 게 있나요?"

주인장은 내게 여행인지, 어디에서 왔는지를 물었다.

"저는 한국에서 왔고요, 홋카이도가 좋아서 일본어를 공부하고 있어요. 한자는 잘 못 읽어요. 그리고 지금은 일본어를 다른 식으로 공부하고 싶어서 오타루에 3개월 정도 머무르고 있어요."

짧은 자기소개를 끝내니 한 칸 건너에 앉아 있던 옆 손님이 나를 쳐다봤다. 중년의 여성은 반가운 기색을 내비치며 한국 드라마를 좋아한다고 했다. 시간이 지나며 다른 손님들이 가게 안으로 들어섰다. 눈이 조금 왔던 것 같고, 뜨끈한 공기를 찾아 가게 안으로 들어온 것 같았다. 한산하던 실내는 곧 사람들의 열기로 가득찼고, 한 명 혹은 두 명씩 들어왔던 손님들이 결국엔 다 같이 하나의 주제로 이야기하는 지경이 되었다.

혼자 와도 외롭지 않은 곳이라는 생각이 드니 그후엔 가게에 들어서는 것이 그리 어렵지 않았다. 흔히들 말하지 않는가. 뭐든지 두번째부터는 쉽다고. 다만 술을 어느 정도 마시지 않고서는 서로 섞이는 분위기가 형성되지 않는다. 아무래도 술기운에 기대야 타인과 이야기 나누고 싶어질 테고, 또 서로를 터놓기 마련이니까.

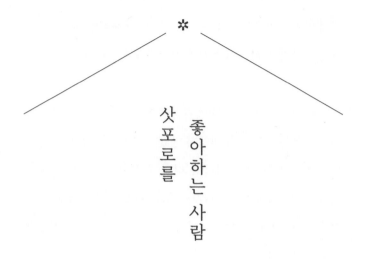

좋아하는 사람

삿포로를

시인 LEE상이 삿포로에 왔다고 했다. 나는 오타루에 있었다. 우리는 멀지 않은 곳에 있으면서도 굳이 서로의 시간을 방해하지 않았다. 대신 날을 하루 잡았고 약속된 날, 슬며시 내가 메시지를 보냈다.

'오늘 오타루역에서 만나는 거 맞죠? 어제는 눈보라에 파도 때문에 열차가 운휴였대요. 오늘은 괜찮겠죠? 조심히 오세요.'

그를 보는 날이 이런 날이어서 나쁘지 않다고 생각했다. 어쩌면 삿포로로 돌아가는 기차가 멈출지도 모르겠다. 아니, 어쩌면 그건 내 바람인지도 모르겠다.

눈도 오고 그도 오니 가슴이 콩닥콩닥 설레서 숙소에서 시간을 기다리기가 버거웠다. 엉덩이를 들썩이다 조금 이르게 오타루역에 도착했다. 대합실에 가니 모두 나처럼 기다리는 사람들이다. 각자 기차를 기다리거나 사람을 기다리고 있었다. 캐리어를 잡고 있는 여자 옆에 앉아 입구 쪽으로 몸을 돌렸다. 그가 들어오는 걸 잘 볼 수 있게.

그는 털어내지 못한 눈송이를 머리에 얹고 대합실로 들어왔다. 배낭을 멘 그는 한 시간 정도를 걸었다고 했던가. 나와 함께 걸어도 좋았을 것을. 시를 쓰러 왔다는 그는 한 달 조금 넘은 내 오타루 생활을 궁금해했다. 어떤 술집에 데려가줄지도 궁금해했다. 말도 잘 통하지 않는 타지에서 힘들지는 않은지 걱정해주고, 안쓰러워했고, 대견스러워했던 것도 같다.

처음 가려 했던 가게는 주말이라 예약 없이 들어가기 힘들어서 근처 초밥가게에서 저녁을 먹었다. 그리고 내가 좋아하는 야타이무라에 갔다. 시인도 그런 곳이 있다 들어서 궁금하던 터라며 기꺼이 발걸음을 옮겼다. 몇 가게 앞에서 서성이다가 조용한 어묵 바에 들어가 구석진 자리에 앉았다. 가게엔 우리 두 사람뿐이었다. 꽁꽁 언 볼을 어묵 국물로 녹이며 체온을 서서히 데워가고 있을 무렵, 가게 안에 손님들이 하나둘 늘어 갔다. 카운터석으로만 되어 있던 가게가 어느새 사람들의 온 기로 훈훈해졌다. 우리가 한국말로 이야기를 나누자 건너편 에 앉은 여자분이 놀란 눈으로 우리를 쳐다봤다.

"한국 분이세요?"

너무나 능숙하게 한국말을 하는 그녀는 일본인과 결혼해서 도쿄東京에 살고 있는 한국인이었다. 매해 겨울이면 오타루에 와서 야타이무라에 들른다고 했다.

"저는 홋카이도가 좋아서 일본어 공부를 하고 있고, 일본어 를 잘하고 싶어서 3개월 정도 오타루에 머물고 있어요."

내 얘기를 듣던 주변의 다른 일본인들도 놀라워하며 내 옆 에 있는 사람의 존재에 대해 궁금해했다. 이분도 홋카이도를 많이 좋아하는데, 내가 오타루에 가겠다고 하자 응원해준 사 람이고, 또 일 년에 한 번씩은 오는 분이라 마침 나를 '위문'하 러 왔다고 소개했다. 그렇게 대화가 오가던 어느 때, 시인이 나를 만나기 전 오타루의 작은 빈티지 잡화점에 일부러 다녀 왔다며 그곳에서 산 스테인리스 그릇을 꺼냈다. 모두 의아한 표정을 지어 보이다가 이내 그의 취향을 수긍했는지 "그렇다면 이곳을 가보세요"라며 긴 설명을 이어갔다. 일본어가 서툴던 때라(지금도 그렇지만) 결국 알아듣지 못했지만, 어떻게든 우리에게 하나라도 더 알려주고자 가게 안의 모든 사람들이 머리를 맞대며 설명을 보탰다. 둘, 셋씩 가게로 들어왔던 사람들이 어느새 모두 우리 이야기에 집중하고 있었고, 집요하게 우리 둘의 관계를 물어오는 오사카大阪 아저씨들도 있었다. 그들의 언어를 못 알아들을 때면 번역 앱을 써가며 최대한 문장을 이해하려고 애썼고, 그들도 우리를 이해시키기 위해 손짓 발짓을 해가며 이야기를 이어나갔다. 아홉 명이 각각 따로 들어와 결국 하나의 주제로 이야기를 나누는 밤이었다.

그렇게 깊어가던 겨울밤, 막차를 타고 삿포로로 간다는 시인을 오타루역까지 배웅했다. 혼자 돌아오는 까만 밤. 차가운 공기에 빨갛게 달아오른 두 볼을 식혔다. 술 덕분인지 많은 사람들과 함께했던 그날 밤의 열기 때문인지 훨씬 속이 데워진 느낌이 들었다.

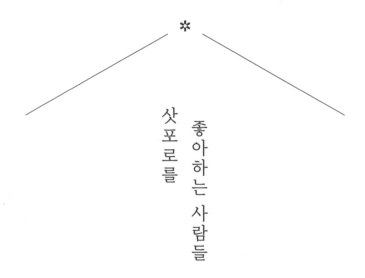

삿포로를 좋아하는 사람들

시인은 삿포로에 왔으니 글을 써야 하는 듯했다. 거긴 그런 동네니까. 시인이 삿포로에 와 있는 동안 시인과 내가 아는 공통의 지인들이 삿포로에 방문했다. 지인들이란 시인과 함께 했던 강원도 태백의 한 문학 행사에서 만난 사람들이다. 시인은 삿포로에서 작업할 것이고, 그 일행 중 한 명은 일본인 친구와 스키장에 갔다. 다른 일행들과 나는 눈길을 오래 걷다가 제니바코銭函에 있는 한 카페에 들어갔다. 제니바코는 오타루와 삿포로의 중간에 위치한 바닷가 마을이다.

누군가는 커피를 마셨고, 누군가는 파스타를 먹었다. 바다가 보이는 카페에 앉아 창밖을 바라보다 문득 시인과 함께 바다를 보면 좋겠다고 생각했다. 일을 방해하면 안 될 것 같다는 생각과 바다를 함께 바라보고 싶은 마음이 싸우다가 결국 후자가 승리했다. 시인에게 짧은 메시지를 보냈다.

'LEE상, 뭐 하세요?'

'일하고 있어요. 어디서 뭐 하고 있어요?'

'제니바코에서 커피 마시며 바다를 보고 있어요.'

그는 한 시간 후에 제니바코에 왔다. 삿포로에 왔으니 글을 써야 한다는 마음과 동시에 어딘가를 걸어봐야겠다는 마음이 그의 안에서도 싸웠는지 모르겠다. 어쩌면 삿포로가 처음인 우리를 안내해야 한다는 책임감 때문일지도 모르겠지만, 그는 우리의 부름에 이곳까지 달려왔다. 한여름의 태백에서 만나 눈으로 뒤덮인 홋카이도의 바다를 함께 바라보고 있으니 이 어찌 인연이 아니겠는가. 그가 사인할 때마다 적어주던 '인연이네요'라는 말이 엄청난 깊이로 다가왔다.

그들이 오타루를 떠나는 마지막날의 이른새벽. 그들을 떠나보내고 모리노키로 돌아왔다. 돌아오는 길, 어슴푸레한 하늘 위에 눈썹달 하나 떠 있는데 괜히 왈칵하는 기분에 멍하니 하늘을 올려다보다 눈을 감았다. 다섯 명이 함께 있다가 넷이 떠나고 하나만 남으니 기분이 이상했다. 다시 혼자 조용히 있고 싶으면서도 가지 말라고 붙잡고 싶기도 했다. 떠나보내는 마음이란 참으로 묘했다. 나조차 낯선 곳에서 누군가를 배웅한다는 것은 좀 색다르다.

나도 여행자이니 언젠가 떠나겠지만 아직은 머무는 사람이라 먼저 보내야 한다. 말도 잘 통하지 않는 땅에 있는 내게 와준 사람들. 나를 보기 위해서 온 것만은 아니지만, 내가 없었으면 오지 않았을지도 모를 사람들이라고 생각해본다. 각자 따로 왔다가 따로 떠나간 그때의 그 모두를, 삿포로와 오타루의 한 페이지 속에 꼭꼭 넣어두어야겠다.

그해 겨울, 눈이 미친 듯이 내리던 설국에서 만났음을 모두 기억하길. 또 언젠가 다시 그곳에 우리 파묻힐 수 있기를.

나는 진담이었지만 빈말처럼 슬쩍 흘렸던,

"내가 오타루에 가거든 나를 보러 와주세요."

그 말에 화답해준 친구들.

그들이 찾아왔을 때의 반가움과

보내고 난 후 허물어질 듯 찾아오는 허전함.

그렇게 며칠을 앓았고,

또다시 일상 같은 여행을 시작했다.

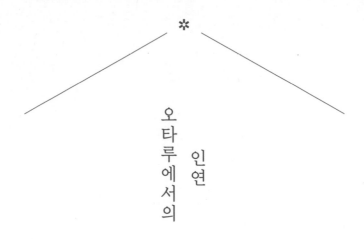

오타루에서의 인연

"미니 언니? 언니?"

누군가 나를 부르는 소리를 듣지 못했다. 오타루 편의점에서 한국말로 나를 부를 사람이 있으리라 누가 생각이나 했겠는가. 끝내 어깨를 툭툭 치는 손길에 놀라서 뒤를 돌아보니 예은이 서 있었다. 반가운 마음에 우리는 그렇게 편의점에 선 채로 한참 동안 얘기를 나누었다.

맨 처음 예은을 만난 것은 오타루 비루의 크리스마스이브

이벤트에서였다. 오타루 비루는 오타루운하의 옛 창고를 리모델링해 만든 커다란 맥주가게다. 이곳에서는 크리스마스나 연말 카운트다운 등 각종 기념일에 다채로운 행사를 여는데(앞선 글에서 연말에 하리를 데리고 방문했던 그곳이다), 이 기간에 2,000엔 정도를 내고 입장하면 음료를 무제한으로 마실 수 있어서(어느 가게든 '노미호다이飮み放題'라 쓰여 있으면 마음껏 드시라) 술을 좋아하는 여행자나 주머니가 가벼운 대학생들이 많이 찾는다. 오타루 비루의 이벤트는 처음 일행들끼리 몰려 있다가 분위기가 무르익으면 자리를 옮겨다니며, 오랜만에 만나는 사람들과 자연스럽게 눈을 맞추거나 나처럼 처음 만나는 사람과 인사를 나누고, 혹은 친구가 되기도 하는 자리다.

그날도 크리스마스 분위기가 무르익은 가게 안에 젊은 한국인 무리들이 보이길래 누군가 물으니 오타루상과대학교 유학생들이라는 대답이 돌아왔다. 그 무리에 예은이 있었다. 그렇게 내 맞은편에 예은과 그녀의 친구가 앉게 되었다. 짧은 인사를 나누고 술을 마시다가 예은의 권유에 SNS 친구를 맺었다.

숙소에 돌아와 침대에 누워 예은의 SNS를 들여다보니 '함께 아는 친구'에 무려 김은미(!)가 뜨는 것이 아닌가. 이게 무슨 일인가 싶어 예은에게 메시지를 보냈다. 처음 만난 사이에 갑자기 메시지라니 내 성격상 상상도 할 수 없는 일인데, 그때는 깜짝 놀라 무턱대고 메시지를 먼저 보냈다.

'김은미랑 아는 사이예요?'

'어? 네, 언니도 아는 사이예요? 어떻게 아세요?'

'저는 초등학교 친구예요.'

'우와, 세상 정말 좁네요. 저는 여기 아는 일본인 언니한테 소개받았어요. 겹치는 지인도 있다니 더 대박이네요.'

'그러게요. 저는 은미 때문에 홋카이도에 오게 되었어요.'

이 신기한 인연을 뭐라 불러야 할까. 홋카이도와 김은미는 도대체 나에게 무슨 존재인 걸까?

나는 모리노키에서 3개월 동안 일한 뒤 한국으로 돌아갔다. 그리고 두번째로 모리노키에 다시 갔을 때 근처 편의점에 들러서 계산을 하다가 예은을 다시 만났다. 나를 기억하고 있는 것도 신기했고, 내 이름을 불러준 것도 고마웠다. 카페 르타오에서 알바를 한다는 그녀는 내 여행 일정을 묻더니 가기 전에 한번 만나서 밥을 먹자고 제안했다. 길지 않은 일정에 약속을 잡기 힘들었지만, 시간이 난 틈을 타 당일에 연락했더니 곧바로 시간을 맞춰준 그녀 덕분에 무사히 오타루역에서 만날 수 있었다.

　우리는 내가 한 번도 먹어보지 못한 몬자야키를 먹기로 했다. 오코노미야키가 오사카 음식이라면 몬자야키는 도쿄 음식이다. 일본 드라마나 영화에서 보던 몬자야키 맛이 늘 궁금했는데 드디어 호기심을 해결할 수 있었다. 심지어 도쿄가 아닌 오타루에서 몬자야키를 처음 먹게 되다니 신기하고 색다른 경험이었다. 몬자야키는 오코노미야키처럼 철판에 구워먹는 음식이라는 점에서 비슷하지만, 두꺼운 양배추전인 오코노미야키보다 좀더 묽은 반죽을 철판에 눌게 익히고 긁어 먹는 음식이라 한국인들에게는 호불호가 갈리는 음식이다. 물론 나와 예은은 아주 맛있게 먹었다.

　예은은 오타루 생활에 많은 도움을 주었다. 다양한 친구들을 사귀는 유학생이다보니 나에게 여행자로서 갈 만한 여행지도 추천해주었고, 이 지역에 머무는 사람에게 필요한 정보들도 알려주었다. 오타루에 살고 싶다는 욕구가 강할 때여서 원룸이나 셰어하우스에 대해서도 물어봤었는데, 그것 역시 친구들에게 물어보면서까지 친절하고 상세하게 알려주었다.

물론 실현되진 못했지만. 일본인들은 모르는, 외국인들이 오타루에 와서 고민할 법하고 필요로 하는 정보들을 귀찮은 기색 하나 없이 알려준 고마운 사람이다.

가끔은 '언젠가 다시 오타루에서 그녀를 우연히 만날 수 있을까?' 생각한다. 아마 대학을 졸업했으니 더이상 오타루에 있진 않을 것이다. 그래도 그때를 생각하면 그녀 덕분에 오타루를 깊게 안 것 같은 착각에 웃음이 비실비실 삐져나오곤 한다.

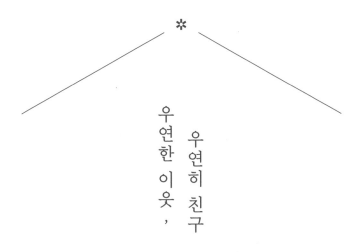

우연히 친구

우연한 이웃,

사치코짱에 대해선 아는 게 별로 없다. 성을 포함한 본명이 정확히 뭔지, 어떤 일을 하는지, 나이는 어떻게 되는지… 지금 생각해보니 아는 게 정말 없다. 오타루에 가면 우연히 만나게 되는, '그냥' 모리노키의 이웃이다. 모리노키에서 크리스마스 파티나 송년회를 할 때 오고, 가끔은 직접 만든 수제품을 판매하기 위해 물건을 가지고 오곤 했다(모리노키에서는 주변 이웃들이 만든 수제품 등을 작은 선반에 올려놓고 판매한다). 그렇게 우연히 한두 번 마주치다가 어느 날인가 다음에 오면 또 연락하라며 메일 주소를 알려주었다. 그리고 그다음 해에 마주쳤을 때는 메신저 라인 ID를 만들었다며 연락처를 교환했다. 그렇게 나는 오타루에 갈 때마다 사치코짱을 만나고 있다.

모리노키로 다시 돌아왔던 그해 5월. 손님이 별로 없던 화창한 어느 날, 모처럼 청소와 외출 준비를 동시에 마치고는 마유미짱과 함께 모리노키를 나서서 버스를 탔다. 나는 자유 시간을 만끽하러, 마유미짱은 식당으로 출근하는 길이었다. 버스에서 내려 마유미짱이 일하는 가게까지 함께 걸어간 뒤 그 앞에서 인사를 나눴다.

"이따 밥 먹으러 올게. 그때 봐!"

혼자 오랜만에 조그마한 공원길을 산책했다. 아마 이 공원은 처음 오타루에 왔던 그 겨울, 슈 언니랑 눈 속으로 다이빙하며 사진을 찍었던 그 공원일 것이다. 공원 구석에 앉아 텀블러에 담아온 커피를 마시며 작은 폭포를 바라보는 느긋한 시간을 보내고 있자니, 이 공간이 풍경 좋은 여느 카페 못지않았다. 한참을 혼자 걷다가 앉아서 커피 마시기를 반복하며 시간을 보냈더니 어느새 점심시간, 배가 고파왔다. 마유미짱이 일하는 가게 나하나菜はな로 갈 시간이다. 가게에 앉아 주문을 하고 앉아 있는데 문득 생각이 나 사치코짱에게 연락했다. 다시

모리노키에 돌아왔다고, 시간이 날 때 들러달라고, 지금은 마유미짱네 가게에서 밥 먹고 있다고.

사치코짱에겐 늘 이런 식이다. 평소에 따로 연락하지 않고 한국에서 이곳으로 오기 전에 미리 언질을 주지도 않지만, 모리노키에 와서 문득 생각이 나면 메시지를 보낸다. 그날도 갑작스럽게 메시지를 보냈는데 생각지도 않은 답이 돌아왔다. 점심은 이미 먹었지만, 근처에 있으니 잠깐 들르겠다는 거다. 그렇게 다시 사치코짱을 만났다. 함께 수다를 떨고 있으니 마유미짱의 근무가 끝나는 시간이었다. 우리는 자리에서 일어나 마유미짱과 함께 걸었다. 일단 밥은 먹었으니 디저트를 먹어야 했다. 동절기엔 운영하지 않는 소프트아이스크림가게 밀크플랜트ミルク・プラント에 갔다. 하늘이 무척이나 푸른 5월에 먹는 홋카이도 소프트아이스크림은 정말이지 환상적이다. 참새가 그냥 지나칠 수 없는 방앗간이나 다름없다. 셋이서 가게 앞 벤치에 앉아 아이스크림을 먹은 뒤 또 걸었다. 마유미짱이 가야 할 데가 있다고 해서 오타루중앙시장에도 따라갔다. 그날은 그저 하염없이 그들과 시원한 봄날을 걸어다녔다.

2019년 9월, 모리노키가 개업 20주년을 맞이했다. 나는 한국에 있었지만 파티를 연다기에 갈까 말까 무척이나 고민하고 있으니 십여 년 전에 프랑스 워킹 홀리데이를 떠났던 친구가 대뜸 나서주었다. 그 당시 내가 각종 서류 준비를 도와주고 항공권값을 내주었는데(돈을 벌고 있던 때라 가능했다), 그 은혜를 갚겠다며 오타루행 표를 끊어준 것이다. 그렇게 오타루에 또다시 발을 디뎠다. 못 간다 못 간다 해놓은 터라 당연히 없겠거니 했던 사람들이 나를 보고 깜짝 놀랐을 정도로 당일 직전에 결정한 여행이었다.

오타루에 왔으니 나의 첫 야타이무라인 렌가요코초에 가야지. 사실 최근에는 그곳에 가질 못했다. 여행 프로그램인 〈짠내투어〉의 오타루 편에 가게가 소개되며 한국인으로 가득찬 문 앞에서 발길을 돌린 적이 많았기 때문이다. 그런데 얼마 안 가 한일 관계가 악화되어서인지 이번 9월에는 거리에 한국인 여행자들이 거의 보이지 않았다. 그래서 외출했다가 숙소로 돌아가던 길, 혹시나 하는 마음에 그 앞을 지나보니 아직 이른 시간이라 손님이 없었다. 들어가 설핏 알은척을 했다. 매해 이곳에 오는데 올 초에 왔다가 한국인들이 너무 많아서 못 들어왔다고. 그랬더니 주인은 사람 기억을 잘 못한다며 멋쩍은 미소를 지으셨다. 예전에 왔을 때도 똑같이 말씀하셨다고, 기대

안 했다고 웃으며 대답했다. 그래도 1년엔 한 번 꼴로 온다며 간단히 인사를 나누고 칵테일인 레몬사와^{サワー} 한 잔과 안주를 주문했다.

잠시 후 한 일본인 여인이 들어왔다. 주인장과는 안면이 있는 듯 가볍게 대화를 주고받더니 누군가와 약속이 있는지 통화로 위치를 설명해주었다. 그러고 나서 주인장과 나누는 대화를 통해 내가 한국에서 왔다는 걸 알게 된 그녀와 몇 마디 주고받고 있을 때, 가게 안으로 한 여자가 들어왔다. 그 모습이 어딘지 모르게 익숙해 돌아보니, 세상에나 모리노키의 오랜 단골 오타니씨였다. 오타니씨는 집이 제니바코인데 밤에 늦어 집에 가기 뭐하면 모리노키에 온다. 여자 손님이 기다리는 일행이 오타니씨였던 거다.

"잉? 미니짱 아냐? 못 온다고 하지 않았어?"

"아, 맞아요. 근데 갑자기 오게 됐어요. 친구가 비행기표를 선물로 끊어줘서."

주인장과 손님도 아는 사이냐며 놀랐다. 사실은 내가 가장 놀랐다. 오타루의 술집에서 아는 사람을 만나다니. 나 이러니까 진짜 오타루 사람 같잖아!

간단한 근황을 나눈 뒤 오타니씨가 내일 있을 오타루 비루의 옥토버페스트에 가느냐 물어보았다. 마사씨도 마유미짱도 안 갈 예정이라 "혼자서는 좀 그래서 안 가려고요. 술을 좋아하는 것도 아니고"라고 대답했더니 자기들은 간다며 오라고 말했다. 그러면서 사치코짱도 올 테니 같이 오라는 것이다. 결국 우리 세 사람은 오타루 비루에서 만나기로 했다.

그런데 숙소에 돌아와서도, 오타루 비루로 향하는 길에도 어제 가게에 먼저 와 있었던 오타니씨의 친구분이 자꾸 눈에 밟혔다. 어디선가 만난 적이 있는 사람 같은 거다. 아무리 생각해도 떠오르지 않더니 오타루 비루에 도착해 그분을 마주하자마자 문득 기억 하나가 떠올랐다.

"혹시 6년 전쯤 크리스마스 때 여기서 한국 선물 받지 않으셨어요?"

그녀는 놀라며 격하게 고개를 끄덕였다.

오타루 비루에서는 크리스마스 이벤트 때 참가자 모두에게 작은 선물을 준비해오도록 공지한다. 그리고 내용물이 보이지 않게 잘 포장하고는 둥글게 원을 그리며 선 다음, 틀어진 노래에 맞춰 흥겹게 각자 가져온 선물을 자신의 옆 사람에게 넘긴다.

"스톱! 반대로! 스톱! 반대로!"

사회자의 구령에 맞춰 선물을 몇 번 움직이다보면 어느새 내 손에 낯선 꾸러미가 들려 있곤 했다. 6년 전, 내 손에 넘겨진 선물 꾸러미를 푸니 노란색 오리 모양의 동전 지갑이 나왔다. 그러다 일행이 미니짱의 선물이 누구 손에 들어갔는지 궁금하니 찾아보자 제안했다. 그때 내 선물을 받은 사람이 바로 그녀였다!

6년 후에 다시 만난 그녀의 이름은 마치코씨. 오타루 정말 좁네. 불시에 찾아오는 인연이 소중하고 귀한 도시다. 그녀도 나도 우연한 만남에 기분좋게 웃었다.

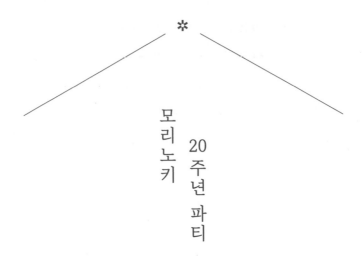

모리노키 20주년 파티

　모리노키 20주년 소식에 올 수 있는 역대 헬퍼들이 모두 모였다. 나 역시 단기간으로 일을 도왔으니 옆에 껴서 사진을 찍었다. 그들을 전부 지켜봐온 마사씨와 마유미짱은 뭔가 뿌듯한 눈으로 우리들을 바라보았다.

　그동안 다녀간 손님들과 모리노키의 이웃들이 자리를 축하하기 위해 삼삼오오 방문했다. 이런 끈끈한 네트워크라니, 이숙소가 건강하게 10년, 20년을 더 이어갈 수 있을 것만 같다. 최신식 건물에 시설도 깨끗하고 혼자 조용히 머무는 숙소도 좋지만, 세월의 흔적이 묻어나는 오타루식 건물에 여럿이 어울릴 수 있는 이런 숙소도 충분히 훌륭하지 않은가.

홋카이도에 지진이 났을 때, 멀리서 지인들을 걱정하고 있었는데 '먹을 게 없거나 혼자 생활하기 곤란한 분들은 오시라'는 글이 모리노키 SNS에 종종 올라왔다. 사진으로 보니 모리노키에서 여러 개의 촛불을 밝힌 채 서로에게 의지하며 지내는 모습이 보였다. 이렇게 힘들 때면 움직이지 못하는 여행객들을 머물게 해주고 곤란에 처한 이웃들에게 스스럼없이 손을 내밀어주는, 마을과 함께 살아가는 숙소. 그런 공간이 하나쯤은 우리 옆에 있다면 좋을 것 같다.

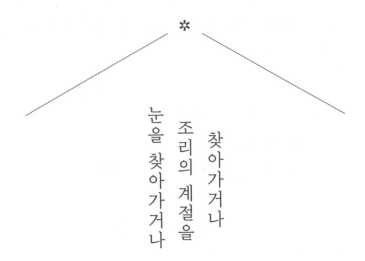

찾아가거나
조리의 계절을
눈을 찾아가거나

1년 365일, 여름 신발인 '조리草履'를 신는 여자가 있다. 바다에 갈 때는 물론이요 산에 갈 때도 조리를 신는다. 그러기 위해 그녀는 조리를 신을 수 있는 계절을 찾아서 이동한다. 눈을 찾아가는 나와는 정반대이니 도무지 만날 수 없는 인연이다. 겨울엔 대만이나 오키나와沖繩에 머물렀고, 여름엔 홋카이도에 머물렀단다. 홋카이도에서 태어나 시코쿠四国에서 자랐고 집은 오사카에 있다고 했으니 태생적 방랑자라고나 할까.

2015년, 내가 떠난 모리노키에 하나코짱이 헬퍼로 왔다. 마사씨의 SNS에서 서로의 존재만을 인식한 채 각자 여행을 하다가 다음해 5월, 드디어 그녀와 조우했다. 사실 처음엔 그녀를 알아보지 못했다. 내가 아는 하나코짱은 발끝까지 오는 긴 머리에 여성스러운 이미지가 강했는데, 모리노키에서 만난 헬퍼 하나코짱은 올림머리를 한 작고 귀여운 인상을 풍겼기 때문이다. 그러다 저녁이 되어 씻고 나와 머리를 말리는 그녀를 보고 '아! 역시 이 하나코짱이 그 하나코짱이구나!' 싶었다.

우리의 만남은 그해 이틀이 전부였고, 그다음 만남은 3년 뒤인 모리노키 20주년 때였다. 내적 친밀도가 높았던 탓일까, '미니짱, 미니짱' 하고 부르던 하나코짱의 귀여움 때문일까, 먹는 걸 좋아하는 공통점 때문일까, 우리는 오래 알고 지낸 친구처럼 함께 하루종일 산책을 하고 맛있는 음식을 먹으며 오타루 구석구석을 기웃거렸다.

그러다 하나코짱이 다음 여행지는 한국이라고 했다.

"그럼 한국에서 볼 수도 있겠는데? 아예 한국 일정을 늘리는 건 어때? 시골이라도 괜찮다면 잘 곳도 있어."

딱히 일정이 정해진 게 아니었던 하나코짱의 마음이 흔들리는 것 같았다. 마침 그 시기에 마유미짱도 간만에 장기 휴가를 받아서 친구 결혼식 겸 오사카에 가는데, 이후 다른 일정이 없다기에 내가 거들었다.

"마유미짱도 한국에 오는 건 어때? 서울에 며칠 있다가 안성에서 우리 일본어반 친구들을 만나는 거야. 홈스테이가 가능한 집이 있는지 알아볼게. 그리고 우리 시골집에 다 같이 내려가는 거지!"

모리노키에 두 딸과 함께 머무른 적이 있는 나의 일본어반 친구 '안상'에게 메시지를 보냈다. 혹시 마유미짱이 가면 재워 줄 수 있냐는 질문에 안상은 바로 오케이 사인을 내려주었다. 덕분에 마유미짱과 하나코짱은 함께 한국으로 오게 되었다. 그러던 와중에 하나코짱이 물었다.

"혹시 게이코상도 데려가도 되겠어? 아, 게이코상은 내 엄마야. 지금 오사카에 혼자 있는데 한국에 한 번도 가본 적이 없으셔서, 내가 이렇게 한국에 간다 하면 함께 가고 싶어하실 거야."

"그럼 그럼, 같이 와!"

그렇게 하나코짱은 게이코씨를 모시고 한국에 왔다. 마유미짱은 안상의 집에 머물렀고, 하나코짱과 게이코씨는 함께 일본어 수업을 듣는 또다른 친구인 민호의 집에 머물게 되었다. 우리는 꽤 오랜 시간을 함께 보냈다. 일본어 수업이 있는 날이면 그들도 수업에 참여해 우리의 일본어 공부를 도와주기도 했다.

10월의 선선한 날씨에도 하나코짱은 여전히 조리를 신고 있었다. 부모 자식 간이라 그런 것일까, 그 옆의 게이코씨도 마찬가지였다. 조리에도 여러 종류가 있는데 그들이 신고 다니는 조리는 '교산魚サン'이었다. 어부들의 샌들이라는 뜻으로 실제로 일본 어부들이 신는 신발이다. 바닥이 미끄럽지 않아서 이 조리를 신고 산으로 들로 바다로 강으로도 다닐 수 있다고 한다.

눈을 찾아가는 여자와 조리의 계절을 찾아가는 여자가 만날 확률이 얼마나 될까? 만난다 하더라도 가까워질 수 있을까? 그 희박한 확률을 이겨내고 우리는 타국에서 만나 친구가 되었다.

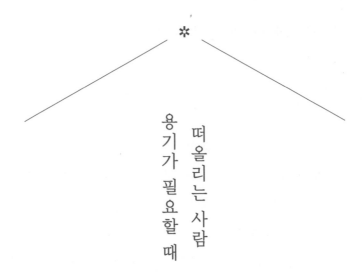

떠올리는 사람
용기가 필요할 때

하나코짱 일행이 안성에 왔을 때 함께 칠장사라는 오래된 절에 갔었다. 그녀는 절보다 절 앞에 있는 당간幢竿***에 더 관심을 보였는데, 일본의 당간은 나무로 된 것이 많아 현재까지 남아 있는 게 별로 없다는 이유에서였다. 근데 한국에 철로 된 당간이 있다는 얘기를 듣고 청주까지 가서 그걸 보고 왔단

*** 사찰에서 법회 같은 의식이 있을 때 당(불화를 그린 기)을 달아 세우는 대. 대체로 나무나 돌, 구리나 쇠로 만들어졌다.

다. 청주의 용두사지는 시내 한복판에 있어 찾아가기가 비교적 수월했다고.

하나코짱의 SNS를 보다보면 특이한 건물이나 문, 바위, 비석들이 꽤 많이 보인다. 기본적으로 호기심이 많은 사람인 듯싶다. 예를 들면 건물 2층 높이에 계단도 없이 문이 나 있으면 '저건 무엇을 위한 문인가?' 하는 질문에 꽂혀서 아예 특이한 건물들을 보러 다니는 것이다. 그러다보니 주위 사람들도 아주 특이한 건물을 보면 하나코짱에게 제보하곤 한다.

칠장사로 들어가는 입구에서 하나코짱이 갑자기 흥분한 목소리로 외쳤다.

"미니짱! 저거 당간 아냐?"

차를 타고 짧게 지나는 순간이라 자세히 보지 못했지만 그런 것 같았다. 그래서 일행들과 칠장사를 둘러보고 나오는 길에 다시 한번 그곳에 차를 세웠다. 주차장보다도 좀더 아래쪽이라 절과는 거리가 있어서 그냥 지나치기 쉬운 위치였다. 그런데 작게 놓인 안내문을 읽어보니 진짜 당간이 아닌가. 검색해보니 우리나라에도 나무 당간이 많이 있었는데 지금은 대체로 당간지주***만 남아 있으며, 철당간은 단 세 개만 현존하는데 그 하나가 칠장사에 있다고 했다.

"청주에 있는 거랑 여기 있는 것을 봤으니, 하나만 더 보면 세 개 다 보는 거네! 다음에 한국에 올 이유가 또 생겼어!"

흥분한 목소리로 하나코짱이 소리쳤다. 나머지 하나는 그리 멀지 않은 공주 갑사에 있었다. 모두 백제 문화권 안에 있는 것을 보니 백제의 철기 문화가 새삼 대단하게 느껴진다. 외국을 다녀야만 보고 배우는 게 아니었다. 외국인의 시선으로 보는 한국 이야기를 듣기만 해도 배울 게 있다는 사실이 새로운 의미로 다가왔다. 나는 다음에 하나코짱이 오기 전까지 청주의 철당간을 보고 오기로 했다. 다음에 함께 공주 갑사의 철당간을 보러 가기 위해서.

여행을 다니며 알게 된 또다른 사실은 커피를 좋아하는 나와 마유미짱과 달리 하나코짱은 커피를 마시지 못한다는 것이었다. 냄새만으로도 영 별로라 한다. 그래서 커피를 내릴 때는 하나코짱에게 미리 얘기한다. 커피를 내릴 테니 가까이 오

***   당간을 지탱하기 위해 양옆에 세워두는 돌로 된 기둥.

지 말라고. 그럼 하나코짱은 방에 들어가 있거나 잠시 밖에 나
갔다 돌아온다. 날이 좋으면 우리가 밖에 나가서 커피를 내린
다. 나는 커피의 향긋함에 기분이 좋아지는데 하나코짱은 기
분이 좋지 않다니 안타까운 일이 아닐 수 없다.

이렇게 취향이 다른데도 함께하는 이유는 어쩌면 여행 취
향만큼은 비슷해서일 수도. 특이한 것을 좋아하는(철당간을
보러 가거나 신기한 건물을 찾아 떠나는) 그녀를 보고 "뭘 그런 걸
보러 다녀?"라고 말하는 사람들도 있다. 하지만 나 또한 그 독
특함을 그냥 넘기지 않는 사람이랄까.

이쯤에서 밝히는 하나코짱의 신기한 이야기가 있다. 하나
코짱은 고등학교 때 수학 시험에서 무려 −3점을 받았단다. 하
지만 성인이 되어 고등학교 수학 선생님이 되었다고 말했다.
도대체 어떻게 하면 점수가 −3점일 수 있는지(하나코짱도 그
렇지만 그 점수를 준 선생님도 어떻게 보면 대단하다), 그랬던 아
이가 자라서 어쩌다 수학을 가르치게 된 건지 알 수는 없지만.
그래서 내가 뭔가에 자신 없어 하거나 뭔가를 배우는 데 주저
하고 있으면 하나코짱은 늘 이 얘기를 들려준다. 수학 −3점
맞은 내가 수학 가르치는 일을 했었다고. 미니짱도 할 수 있다

고, 괜찮다고, 늦지 않았다고! 덕분에 하나코짱의 -3점 이야기는 뭔가 어려운 순간이 닥칠 때마다 떠오른다.

나와는 모든 것이 다 정반대인 친구에게 용기를 배웠다. 그렇게 유랑하는 삶도 나쁘지 않으며 무언가 끊임없이 궁금해하며 배우는 삶도 나쁘지 않구나. 유쾌하게 자신의 단점을 드러내고, 당차게 사람에게 다가서는 사람.

우리는 서로 계절을 빗겨갈 것이기에 자주 만날 수는 없겠지만 여행의 길 위에서 용기를 주는 친구를 만났었다는 사실하나가 내 가슴속에 크게 자리잡고 있다. 이제 용기를 내야 할일이 생기면 하나코짱을 떠올릴 것이다.

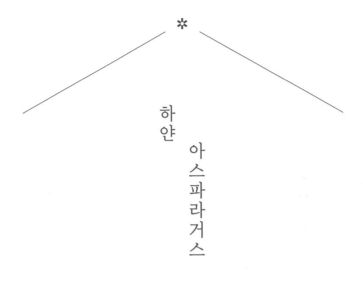

하얀 아스파라거스

새하얀 아스파라거스를 먹어본 사람은 많지 않을 것 같다. 그 모양새가 좀 낯설어서 처음 보면 부자연스럽게 느껴진다. 내가 이 이상한 식물을 처음 본 건 신치토세공항 국내선 구역에서다. 어느 가게 앞 진열 선반에 우리가 흔히 보는 초록색 아스파라거스와 함께 흰색, 보라색 아스파라거스가 보였다. 그때는 한국으로 돌아올 때이기도 하고 처음 보는 것이기도 해서 저런 것이 있나보다 하고 지나쳤는데, 다음해에 다시 모리노키에 돌아왔을 때 에리짱이 엄청 맛있다고 해서 기억을 해두었다. 일반 아스파라거스보다 더 맛있다니 궁금했다.

그러다 모리노키의 점심 메뉴로 바비큐를 만들기로 한 어느 날이다. 재료는 마사씨가 다 준비해주기로 했고 메인은 양고기였는데, 사이드 재료로 하얀색, 보라색, 초록색 아스파라거스도 있었다. 이렇게 눈물나게 고마울 데가. 흰색 아스파라거스는 모두의 말처럼 정말 맛있었다. 단맛이 더 느껴진다고 해야 할까. 채소가 이렇게 달아도 되는 건가 싶었다. 보라색은 신기하게도 익히면 초록색이 되었다.

에리짱도 생으로 된 하얀색 아스파라거스를 먹어본 건 여기서가 처음이라고 했다. 다른 일본 친구에게도 물어보니 하얀색 아스파라거스는 통조림 식품이란 이미지가 강하고, 자신도 신선한 걸 먹어본 적은 없다고 했다.

홋카이도에서 재배되는 이 하얀 작물은 재배 시기가 5월 한 달로 아주 짧다. 홋카이도에서 자라니 한국의 겨울도 잘 이겨낼 것이라는 생각으로, 나의 시골집 텃밭에 아스파라거스를 심어보았다. 이때 알아보니 하얀 아스파라거스는 아스파라거스 종자에다 빛을 차단해 광합성을 막아서 만들어내는 것이었다. 흰 아스파라거스가 먹고 싶었지만 시설이 여의치 않고 관리할 여력도 없었기에 포기했다. 초록빛 아스파라거스라도 잘 키우기로 마음먹었다.

다만 아스파라거스는 3년을 키운 이후에야 수확할 수 있는 작물이다. 한두 해는 영양분을 충분히 주어 뿌리를 키워야 한다. 그러려면 2년 동안은 수확하면 안 된다. 얇은 줄기가 먼저 올라오고, 그 줄기에서 잔줄기가 삐져나와 초록 안개처럼 흐드러지게 번지며 아스파라거스는 2년간 몸집을 키운다. 잔가지들이 지저분하게 보이겠지만 참고 기다려야 한다. 그럼 3년째부터 손가락 굵기만한 아스파라거스를 수확할 수 있다. 그 말에 엄마는 헛웃음을 지으며 '그거 어느 천 년에 먹겠냐, 기다리다 돌아가시겠다' 했지만 정말 3년째 되는 해에 직접 키운 아스파라거스를 먹을 수 있었다. 생각보다 수확량도 많았다. 오히려 수확 시기가 한꺼번에 오다보니 버리는 것이 생겨 아깝기까지 했다.

데쳐서 비빔국수를 만들 때 같이 비벼도 먹고(얼마나 호화스러운 국수인지), 삶아도 먹고, 구워도 먹으니 그렇게 맛있을 수가 없다. 그런데 몇 해 지나니 아스파라거스 줄기가 다시 얇아지기 시작했다. 그래서 올해는 거름을 많이 줘볼 요량이다. 엄마는 지저분하다고 얇게 자라 옆으로 쓰러지는 가지들을 잘

라주는데, 그것도 그냥 놓아둬볼 생각이다. 햇빛을 흠뻑 받고 원하는 대로, 마음대로 자라보렴.

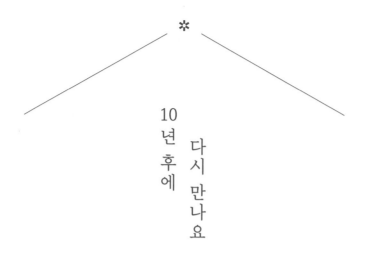

10년 후에 다시 만나요

모리노키에 가면 습관적으로 하는 말이 있다.

"10년 후에 다시 만나요."

"10년 후에 또 해요."

그러면 마사씨는 왜 하필 10년 후냐고 묻는다. 10년이란 단위는 뭔가 기념비적이지 않은가. 내가 모리노키에 온 지 10년 되는 해에 다시 모리노키에 가서 누군가를 만나고, 무언가를 다시 하고, 어딘가를 다시 걷는 것. 매해 다시 가고 있지만 그때마다 시간을 말할 때 버릇처럼 '10년 후에요'라고 말한다.

그럼 마사씨는 또 묻는다. 도대체 언제부터 10년 후인 거냐고. 하지만 언제가 정확하지 않으면 어떤가. 매해 다시 갈 테고, 매해 다시 가고 있는데.

그리고 그 10년 후가 불과 얼마 남지 않았다. 2014년에 처음 갔으니 2024년에 모리노키에 다시 가야 하는 거다. 뭔가 이유를 만드는 거다. 다시 돌아가야 할 이유. 그때까지 모리노키도, 마사씨도, 마유미짱도, 모모짱도, 허그씨도, 모두 건재하길 빈다.

아! 에리짱과도 약속했다. "10년 후에! 10년 후에!"라고. 10년이 채 되기 전에 다시 만났지만 분명 10년 후에도 만날 것이다. 10년 후를 약속할 수 있는 홋카이도 친구가 있다니. 그게 우리의 운명인지도 모르겠다. 에리짱은 내 여행 인생에, 그리고 내 일본 생활에 없어서는 안 될 친구다.

그런 에리짱을 만난 것은 다 김은미 덕이다. 지극히 내향적인 내가 김은미라는 엄청나게 외향적인 친구로 인해 이렇게 다른 인생을 살고 있다. 살면서 나를 이해해줄 비슷한 성향을 가진 친구도 필요하지만 다른 성향을 가진 친구도 필요하다. 새로운 경험을 할 수 있고, 새로운 세계를 만날 수 있다. 은미와 에리짱으로 인해 생각지도 못한 인생을 살게 된 것이 아닌

가. 게다가 나보다 덜 내향적인 LEE상과 문학 모임에서 알게 된 '양님'까지 만나며, 나는 여전히 색다른 세계로 이동하고 있는 중이다.

혼자 떠났지만 혼자인 것은 아무것도 없었다. 그 길에서 누군가를 만나고 그 누군가와 10년 후를 약속하게 되었으니 함께였던 거다. 함께 동네를 거닐고, 밥을 먹고, 커피를 마시고, 술잔을 기울이고. 그리고 그때마다 다시 10년 후에 만나서 지금과 같은 것을 하자고 약속한다. 10년을 고대하면서 기다린다면 그 시간을 온몸으로 감각하며 살아가려 할 테다. 그 촘촘한 시간들을 그냥 흘려보내진 않을 게 분명하다.

그러니, 우리 다음에 또 만나자.

응, 10년 후에!

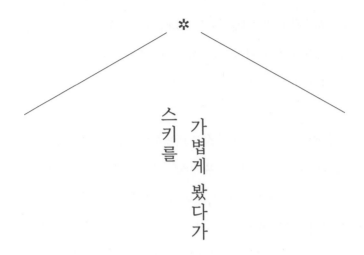

스키를 가볍게 봤다가

태어나서 스키를 타본 적이 없다. 하지만 눈의 계절에 언덕의 도시인 오타루에서 3개월이나 머물지 않았는가. 그러니 스키를 한 번쯤은 타보고 싶어 기웃거려보기로 했다. 마침 마사씨가 모리노키에 자주 오는 친구들이 스키장에 가는데 같이 가겠냐고 물었다.

"그래도 돼요? 그럼 전 너무 좋죠!"

다음날 사치코짱과 그의 친구인 유키코씨가 왔다. 두 사람은 친절하게 내 몫의 스키복까지 가져와서 나에게 입혀보았다. 장비와 복장 모두 스키장에서 대여할 생각이었는데, 돈 아깝다면서 다른 사람한테 다 빌려와준 거다.

"음, 이 정도면 되겠어. 어때? 불편하진 않아?"

"바지가 좀 끼는데 뭐 괜찮을 거 같아."

한결 든든해진 차림새로 우리가 도착한 곳은 모리노키에서 차로 20분 정도 걸리는 아사리가와온센朝里川温泉 스키장이었다. 다른 스키장에 가보질 않았으니 비교할 순 없지만 하얀 눈이 깔린 광활한 스키장이 내 눈엔 그저 신기하기만 했다. 사람도 많지 않아 아래 구석에서 스키 교육을 받기에도 좋았다.

가만히 들여다보니 슬로프 외에 길이 나지 않은 숲길로 스키를 타고 내려오는 사람들도 있었다. 홋카이도에는 일명 산악스키라 불리는 '백컨트리backcountry 스키'가 흔하다. 나도 저렇게 스키 하나에 의지한 채 나무 사이를 가로지르며 달리고 싶다 생각했지만 스키 신발도 신어본 적 없는 햇병아리에겐 아마 무리겠지. 백컨트리 스키는 다음 생에 기약하고, 스키장 아래 공터에서 스키 연습을 시작했다. 친구들의 지도하에 '하나 둘, 하나 둘' 소리 내며 걸음마를 뗐다. 조금씩 감을 잡아가자 그들은 나를 데리고 스키장의 제일 높은 상급자 코스로 갔다.

"잠깐 잠깐… 될까요? 안 될 거 같은데."

"에이 괜찮아요. 잘하고 있으니까 될 거예요."

그들은 나보다도 더 나를 믿었다. 결과적으로야 믿으면 안 되었지만. 아무튼 그들은 리프트를 타고 타고 또 갈아타며 위로 향했다. 올라가면서 내려다본 스키장의 풍경은 더 특별했다. 그런데 이제 막 제대로 걷기 시작했을 법한 미취학 아동들이 아버지나 어머니 다리 사이에 끼워진(?) 채로 신나게 내려가는 모습이 보였다.

"아니 저렇게 작은 애들도 스키를 타요? 아무리 아빠 다리 사이에 붙어서라도 무섭지 않을까요? 혼자 타는 아이들도 많네… 어쩜 다 저렇게 잘 타요?"

불안함과 걱정을 뒤로 미루겠다는 듯 질문이 봇물처럼 터지고 말았다.

"여기는 초등학교 과목에 스키가 있어요. 아마 오타루 사람이라면 다 스키를 탈 줄 알 거예요. 그전에 저렇게 부모님이랑 와서 스키를 타기도 하고요."

초등학교에서 스키 수업을 받을 수 있다니! 눈이 많이 오고 언덕이 흔한 자연 환경을 가진 오타루에서나 가능할 꿈의 이야기다. 나도 저 아이처럼 누군가의 다리 사이에 끼워져서 설면을 흘러내려오고 싶다 생각하며 정상에 도착했다.

완만한 경사에서는 어느 정도 탈 수가 있었는데 위로 올라가니 가파른 경사가 문제였다. 마치 떨어질 듯 아래가 훤히 보이는 게 무서워서 조금만 속도가 붙으면 당황해 쓰러지고 말았다. 넘어지고 또 넘어지고를 반복했다. 옆에서 사치코짱이 또다시 넘어지려는 나를 잡아주려 노력했지만 괜찮다고 했다.

"괜찮아요. 균형을 못 잡으면 넘어질게요."

스키란 결국 잘 넘어져야 한다. 넘어지는 법을 배우지 못하면 스키를 배우지 못하는 거다… 말은 이렇게 했지만, 한 구간을 겨우 내려왔을 때는 이미 점심시간을 조금 넘긴 후였다. 결국 사치코짱과 유키코씨가 스태프에게 다가가 일행 중 한 명(나)이 도저히 못 내려갈 것 같으니 사람을 불러달라고 요청했다. 나는 영문도 모른 채 그들의 행동을 지켜보고 있었는데, 잠시 후에 스노모빌을 탄 안전요원이 왔다.

"미니짱, 미안해. 여기까지 와서 너무 고생했어. 우린 스키 타고 내려갈 테니까 미니짱은 이거 뒤에 타고 내려오면 돼."

그러고는 안전요원을 향해 잘 부탁한다는 인사도 잊지 않았다.

스노모빌 뒷자리에 올라타 그를 꼭 붙잡았다.

"어쩌다가 여기까지 왔어요?"

"전 스키장이 처음인데 아래에서 연습해보더니 괜찮겠다며 친구들이 저 위까지 데려간 거예요."

"고생했네요. 꼭 잡으세요."

그는 고글과 모자 등 방한복으로 온몸을 꽁꽁 감싸고 있어 표정이 보이지 않았지만, 꽤 친절한 목소리가 안심이 되었다. 스노모빌은 생각보다 조금 무서웠고, 생각보다 엄청 신났다.

"아, 무서운데 재밌었어요. 그런데 요원님도 어렸을 때부터 스키를 잘 탔나요?"

"글쎄요. 이 지역이 언덕이 많아서 그런가, 스키장이 아니라 동네에서 스키를 타고 다니기도 했고 사람 없는 언덕에서도 그렇게 놀긴 했어요."

내가 우리 시골집에서 비료 포대에 짚을 넣어서 논둑 사이를 내려올 때, 이 동네 사람들은 스키를 타고 언덕을 내려왔겠구나. 그래서 동네 철물점에서 플라스틱 눈썰매를 팔고 있었구나. 그러고 보니 엄마 아빠가 눈을 치우고 있으면 스키를 신고 마당을 걸으며 노는 아이들을 본 적이 있다. 나도 어릴 적에 자전거를 타지도 못하면서 오빠의 펑크 난 자전거를 끌고 나와 짧은 내리막길에서 타고 내려오기를 반복한 적이 있다. 그리고 아빠가 타이어를 수리해줬을 때 놀랍게도 어느새 자전거를 탈 수 있었다. 인생 첫 자전거를 그렇게 배우듯, 여기서는 스키를 그렇게 배우는 모양이다.

결국 인생 첫 스키장에서 조난되어 스노모빌을 타고 내려왔지만, 남들은 하지 못한 경험을 했다는 생각 때문인지 기분이 나쁘지 않았다. 물론 스키를 못 탄 것은 조금 자존심이 상했지만.

스노모빌을 타고 아래로 내려오자 안전요원은 조심하라는 당부를 했고, 나는 거듭 고맙다는 인사를 하며 그를 보냈다. 그새 도착한 두 사람이 호들갑스럽게 다가와 물었다.

"미니짱, 미니짱! 어땠어? 그 남자, 목소리 멋있던데."

"전부 다 가리고 있어서 얼굴은 보지 못했지만 엄청 친절했어요."

"나도 저건 안 타봤는데 좋겠다, 미니짱."

"엄청 재밌었어요. 좀 무섭긴 했지만. 하하하."

나의 너스레에 그들도 스노모빌을 타고 싶다고 아우성이었다. 첫 스키, 첫 조난 아닌 조난, 그리고 첫 스노모빌까지 한꺼번에 세 개나 경험한 것이 무척이나 특별하게 다가왔다. 언젠가 다시 스키를 잘 타는 누군가와 그곳에 가고 싶다.

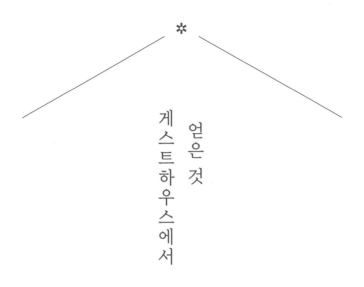

게스트하우스에서 얻은 것

게스트하우스에 오래 머무르다보면 주인장의, 헬퍼의, 여행자들의 '아나바穴場' 정보를 알 수 있다. 아나바란 남들이 잘 모르는 숨은 명소를 뜻하는 말이다. 동네에서 50년 넘은 빵집이라던가 유용한 마트라던가, 산책하기 좋은 공원, 동네 사람들이 많이 가는 라면집, 숙소에서 가깝고 맛있는 징기스칸집, 혼자 멍 때리기 좋은 카페 등등이다. 남의 경험을 홀라당 받아먹는 것 같아 조금 미안하긴 하지만, 시간을 절약해 이런 장소를 알게 된다는 것은 행운이다.

이렇게 남들의 경험을 따라 걷다보면 새로운 나의 경험이 겹쳐지기도 한다. 아이스크림을 먹고 오타루공원을 걸을 때였다. 5월이었고, 겹벚꽃이 어느 길을 향해 피어 있었다. 꽃을 따라 걸었다. 처음엔 사진만 몇 장 찍고 갈 생각이었는데 안쪽에 더 많이 핀 것 같아서, 점점 알 수 없는 한적한 곳으로 빨려 들어갔다. 그해 겨울에 일행들을 데리고 갔던 자작나무숲은 이렇게 발견된 곳이었다.

게스트하우스에서 받는 아나바는 장소나 단순한 정보뿐만이 아니다. 일반적인 여행이라면 접하기 힘든 '경험들'을 통째로 선물받기도 한다. 음식에 진심인 모리노키에서는 계절 또는 시기에 알맞은 요리를 경험할 수 있다. '이토코니いとこ煮'와 '도시코시소바年越しそば', '오세치おせち' 요리와 '에호마키えほう巻き' 등이 있다.

한국에서 동짓날에 팥죽을 먹듯이 홋카이도에선 이토코니라는 단호박과 팥을 함께 조린 음식을 먹는다. 우리의 팥죽과는 달리 단호박이 메인인 요리다. '이토코いとこ'란 일본어로 사촌을 뜻하는데, 형제처럼 닮은 채소까지는 아니고 사촌 격의 채소를 섞어 먹는다고 해서 '이토코'에 조림을 뜻하는 '니煮'를

붙인 말이다. 마사씨가 해준 이토코니는 아주 간단한 음식이지만 지금도 가끔 생각날 정도로 내 취향의 음식이었다. 많이 달지 않은 두 재료의 적당한 조합이 오래 생각나는 맛이었다.

또다른 모리노키만의 문화로는 소바そば의 날이 있다. 매달 28일 저녁에는 무조건 국수를 먹는다. 이날만큼은 늘 주방을 지키는 마유미짱 대신 주인장 마사씨가 셰프다. 저녁 준비는 메밀가루와 밀가루를 조합해 반죽하는 것부터 시작한다. 국물은 시판 소스를 쓰거나 직접 만들기도 하고, 메뉴는 국수 종류가 다양한 일본답게 날씨에 따라 결정된다. 그런데 12월은 특별히 28일이 아닌 31일에 소바를 먹는다. 연말에 도시코시 소바라는 걸 먹는 의식이 있기 때문이다. 우리말로는 해넘이 국수로, 기다란 면으로 장수를 기원하고 면을 잘 씹어서 한해의 액운을 끊어낸다는 의미가 있다. 이 요리 역시 면부터 반죽한다길래 처음에는 우리네 칼국수 같을 거라 예상했는데 장비가 장난이 아니었다. 반죽을 위한 아주 커다란 그릇과 그에 걸맞은 큰 칼이 필요했다. 도마 앞에 선 마사씨는 마치 소바 수행자처럼 보였다. 내가 있을 무렵만 하더라도 먹을 줄만 알았지 요리 과정에 대한 관심은 덜했는데, 지금 생각해보면 후

회된다. 왜 더 적극적으로 마사씨가 만드는 요리를 배워오지 못했을까. 마사씨의 수행 의식에 보조라도 할 것을!

12월 31일에 도시코시소바를 먹은 뒤에는 1월 1일부터 사흘간(앞에서 말했던 정초 연휴다) 먹는 오세치 요리가 기다리고 있다. 새해를 맞이하기 전 마사씨와 마유미짱이 함께 준비하는데 이때도 메인 셰프는 마사씨다. 고기를 익히고 썰고, 달걀을 부쳐서 두꺼운 대나무 발에 김밥을 만다. 그 음식을 어마어마한 양으로 준비해 사흘간 먹는 거다. 듣기로는 불의 신이 노한다고 해서 이 기간에는 불 사용도 금하는데, 엄마들을 가사노동에서 벗어나게 해준다는 또다른 이유도 있다고 한다. 나중에 다른 친구에게 보통 가정집에서 이렇게 요리를 만드냐고 물어보았더니 요즘은 마트에서 사 먹는 분위기라고 했다.

"결국 준비하거나 설거지하는 역할도 엄마들 일이 되어버리니까 그냥 집에서 안 해. 보통 사 먹어. 요리 스트레스도 없고, 설거짓거리도 줄어서 그게 편해."

"아, 그럼 나는 무척 귀중한 경험을 한 거구나! 손수 만든 오세치 요리라니!"

마지막으로 소개할 에호마키는 절분節分 때 먹는 일본식 김밥이다. 이 절분이라는 단어를 일본에 가서 처음 들었는데, 계절의 경계를 가리키는 말로 보통 입춘의 전날을 뜻한다. 이날은 길한 방향을 보며 이 에호마키를 먹고, 도깨비 가면으로 분장한 사람을 나뭇가지로 때리거나 대문에 콩을 던져 액운이 들어오는 것을 막는다. 처음 모리노키에서 절분을 맞았을 때, 내가 도깨비 가면을 쓰는 역할을 맡았다. 도깨비 가면을 쓰니 절로 아이처럼 행동하게 되어 깔깔 웃으며 나뭇가지 마사지를 받았다. 토속신앙이 짙게 남아 있는 일본의 풍습이다.

일반적인 여행으로는 분명히 경험하기 힘든 체험들이었다. 그 이후로 꽤 오랫동안 마사씨도 오세치 요리까지는 만들지 않았다고 하니 오래 머문다고 반드시 경험할 수 있는 것들도 아니었다. 특별한 곳에서 아주 특별한 시간을 보냈구나. 정말이지 운이 좋았다. 불안으로 시작했던 여행들이 이런 특별함으로 진하게 채워질 때마다 다음 여행을 상상하곤 한다.

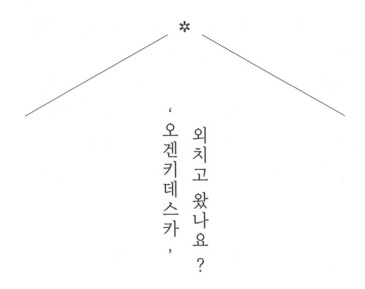

'외치고 왔나요?
'오겐키데스카'

"잘 지내고 있나요?おげんきですか"라는 대사 하나로 설명되는 도시, 오타루. 영화 〈러브레터〉는 몰라도 '오겐키데스카'를 아는 사람은 많다. 그 장면을 찍은 곳은 사실 오타루가 아니지만, 영화의 배경이 되는 곳 대부분이 오타루이기에 영화 〈러브레터〉는 오타루 그 자체라 할 수 있다. 주인공 히로코의 선배가 다니던 유리공방은 덴구산 앞에 있고 두 여인이 마주친 곳은 메르헨교차로メルヘン交差点, 어린 이쓰키가 자전거를 타고 가던 주인공에게 종이봉투를 씌우던 곳은 데미야공원手宮公園

94

이다. 우체부 아저씨가 오토바이를 타고 오르던 후나미언덕船見坂 등 수많은 장면이 이곳 오타루에서 담겼다.

사실 이 영화는 일본보다 우리나라 같은 해외에서 더 큰 인기를 끌었다. 그래서 우리가 장난스럽게 두 손으로 나팔을 만들어 "잘 지내고 있나요? 나는 잘 지내요おげんきですか、私は元気です"라고 농담을 던져도 대부분 모른다. 마유미짱도 오타루에 오기 전까진 몰랐다고 한다. 오타루에 와서 한국 여행객들이 얘기해서 알았다는 거다. 오타루 사람들은 〈러브레터〉를 알고 있는 편이지만 그 외 지역 일본인들은 잘 모르더라. 오히려 대만 여행객들이 이 영화를 알고 있어서 좀 의외였다. 어느 대만 사람이 오늘은 데미야공원에 갈 거라고 하길래 물어보니 그는 영화의 경로를 따라 밟으려는 여행자였다.

오타루의 풍경은 한국 영상에서도 종종 찾아볼 수 있는데, 아주 오래전 조성모의 〈가시나무〉 뮤직비디오가 시초가 아닐까 싶다. 극중 이영애가 근무하는 곳이 오르골당이고, 김석훈이 근무하는 곳이 그 맞은편의 우체국이었다. 내가 자주 다니던 길이라 가끔 이곳이 그리울 때면, 또는 오타루의 폭설이 그리울 때면 이 뮤직비디오를 가끔 찾아보기도 한다.

가장 최근의 오타루를 볼 수 있었던 것은 〈윤희에게〉라는 영화였다. 몇 년 전쯤, 익숙한 배경의 포스터를 만났다. 오타루운하 같은 곳에서 마주한 두 여인이 시선을 피하고 있는 포스터가 인상적이었다. 당장 영화 제목을 검색해보니 내가 사랑하는 도시 오타루에서 촬영한 영화가 맞았다. 오타루운하에서 촬영한 포스터에 본능적으로 이끌렸다. 게다가 김희애 배우가 나온다고 하니 안 볼 이유가 없었다. 근데 보면서 깜짝깜짝 놀랐다. 모든 장면의 배경이 내가 자주 걷던 골목, 자주 머물던 카페, 자주 기웃거리던 동네들인 거다. 영화의 잔잔한 분위기나 묘한 감정선도 놓칠 수 없었지만, 그 거리의 풍경들에 놀라느라 영화에 쉽게 집중이 되지 않았다. 특히 주인공 준의 고모가 운영하는 카페에서의 장면은 내가 그 자리에 앉아 있는 듯한 느낌을 주어 순간 머릿속이 아찔해졌다. 마사씨와 점심을 곧잘 먹던 카페였고, 때로는 혼자 커피를 마시던 곳이기도 했다. 특히 눈이 너무 많이 와서 멀리 나가기 부담스러울 때, 조용히 가서 커피와 디저트를 먹기 적당한 곳이었다. 자리도 많지 않아 손님이 붐비는 곳은 아니지만 동네에 하나쯤은 있었으면 하는 그런 카페.

흔히들 오타루는 볼 게 없다고 말하는 도시다. 관광지는 너무 붐비고 상업적이며, 오타루운하는 작고 시시하다는 게 그 이유다. 하지만 사람이 사는 골목으로 들어와보면 느낌이 또 다르다. 골목마다 있는 집들이 5월에 얼마나 예쁜 꽃들을 피워내는지. 동네 카페의 커피를 내리는 주인장은 나를 또 얼마나 반갑게 맞아주는지. 술집에서 만나는 이웃들은 또 얼마나 다정한지. 거리를 걷다 만나는 할머니는 얼마나 반갑게 인사를 해주시는지 모른다.

덴구산의 야경도, 5월에 피는 겹벚꽃도 좋고 흰색 아스파라거스도 맛있다. 겨울에는 문을 닫는 아이스크림가게도 가고 싶고, 오타루공원에서 하루종일 멍하니 있는 것도 그립고, 우연히 들어선 길의 자작나무숲도 마음에 새겨져 있다.

물론 겨울 풍경뿐이긴 하지만 내가 좋아하는 오타루의 많은 부분이 〈윤희에게〉에 녹아 있다. 가보지 않은 장소들도 있었기에 지도 위시리스트에 저장해두었다. 영화에서 고모가 윤희에게 대신 편지를 부쳤던 우체국에 가서 'ㅇㅇ에게'로 시작하는 편지를 써야지.

오타루에 또 가기 전에, 어디서든 사무치게 사랑하기 위해 예방접종을 하듯 이 영화를 여러 차례 보게 될 것 같다.

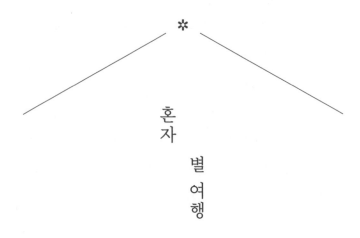

혼
자

별
여
행

겁 많고 소심하고 예민한 사람입니다. 그런 사람이 어느 순
간 혼자 여행하는 데 불편하지 않게 되었습니다. 아마 20대
후반에 가졌던 직업이 평일에 쉴 수 있는 일이어서 그랬던 것
같습니다. 평일에 친구들과 시간 맞추기는 힘들고, 그렇다고
집에만 있는 것도 아깝게 느껴졌습니다. 그래서 혼자 동네 뒷
산도 오르고, 오래된 골목길을 걸었던 것도 같습니다. 당시 거
주지가 부천이어서 소래산도 가고, 원미구 진달래동산도 혼
자 갔습니다. 평일의 인적 없는 산은 좀 무서웠지만 가방에 작

은 1인용 돗자리와 커피가 담긴 텀블러를 싸들고 가면 혼자여도 심심하진 않았습니다.

　결정적으로 혼자 여행을 결심하게 된 이유는 따로 있습니다. 알게 된 지 얼마 안 된 친구와 당일치기로 좀 떨어진 곳의 수목원에 갔는데, 하루종일 불평불만을 입에 달고 다니는 겁니다. 옆에 있는 저의 기분도 좋지 않았어요. 여행지가 공사를 하거나 번잡스러운 건 어쩔 수 없는 일이고, 불평을 쏟아낸다고 해서 변하는 게 아니죠. 그렇담 그 안에서 어떤 여행을 하느냐는 본인에게 달려 있습니다. 그의 불평불만을 듣기가 꽤나 힘들었고, 그래서 이러느니 차라리 혼자 다니는 게 낫겠다는 생각이 문득 들었죠. 취향이 맞지 않거나 생각이 다른 사람과 다니는 일은 제법 고역이었습니다.

　행복은 마음속에 있다는 말처럼, 여행의 만족도 또한 내 마음속에 있습니다. 어디를 가든, 무엇을 하든, 어떤 것을 보든 마음먹기에 따라 다릅니다. 똑같이 보고 먹고 가도 사람마다 불평과 불만을 가지는 사람이 있고, 그저 좋아 웃는 사람이 있습니다. 저는 늘 후자이길 바랍니다.

어쩌다보니 첫 해외여행에서마저 혼자였습니다. 영어도 일본어도 못하는데 과연 잘 다녀올 수 있을까 걱정이었습니다만, 워킹 홀리데이로 가 있던 친구 덕분에 혼자인 듯 혼자가 아니었어요. 그녀 덕분에 떠날 용기를 얻은 것일 테지요. 운이 좋았습니다. 만일 진짜 혼자였다면 저는 못 떠났을 겁니다.

우리 흔히들 말하잖아요. 처음이 어렵지, 한두 번 하다보면 괜찮다고. 할 만하다고. 그 말을 제가 증명할 수 있습니다. 진짜 겁 많은 사람이고 없는 걱정도 사서 하는 사람입니다만, 그냥 기다란 네모 형태의 오도리공원에서 두 시간이나 길을 헤매기도 했지만, 저는 또다시 혼자 비행기에 오릅니다. 혼자라는 사실은 아무리 미화시키려 해도 근사해지기 어렵지요. 하지만 마음속의 두려움과 잘 타협을 본다면 '혼자되기'는 자신과 참 잘 어울리는 일이 될 겁니다. 자, 이제 안에 있는 스위치를 켜세요. 혼자만의 은은한 울림을 꺼내세요.

'여행하듯 살아가고, 살아가듯 여행하자'라는 생각을 늘 해요. 꼭 비행기를 타지 않아도, 우리 동네를 걷더라도 여행하는 마음으로 살고, 비행기를 타고 낯선 땅에 내리더라도, 동네 산책하듯 걸음걸음 여유롭게 내딛기를 바랍니다.

게으른 여행자가 이어붙인 인연들

(02)

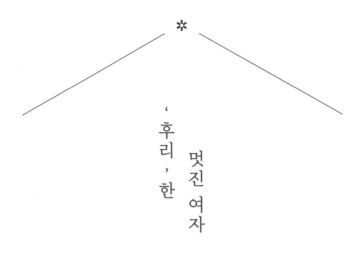

멋진 여자 '후리'한

　시부야 에리코. 그녀의 정확한 이름을 처음 알게 된 건 그녀를 만난 지 1년 반 정도가 지난 후였다. 일본인들은 서로의 프라이버시를 존중하기에, 첫 만남에서 나이나 성 등을 묻지 않는다고 들어서 그들에게 항상 조심스럽게 다가갔다. 그래서 일본인 친구들의 전체 이름을 한참이 지난 후에야 알게 되거나 여전히 모르는 경우가 많다. 특히 여행지에서 하루 정도 마주치고 마는 사이에서는 일부러 묻지 않기도 했다.

에리짱은 2014년 12월에 처음 만났다. 원래 야마가타山形의 게스트하우스에서 일한다는 그녀는 다른 게스트하우스는 어떻게 돌아가는지 알아볼 겸 오타루 모리노키에 일주일간 헬퍼로 온 친구였다. 그녀는 굉장히 외향적이었다. 그 일주일 사이에 일이 끝나면 함께 커피를 마시거나 산책을 나갔고, 르타오에서 케이크와 홍차를 즐기기도 했다. 그녀는 술을 못하지만 술에 대해 잘 알고, 운전면허가 없지만 운전법이나 교통법규를 잘 아는 특이한 친구였다. 술집에서 무알코올 음료를 시키거나 우롱차를 시키지만, 술 한 모금 없이도 만취한 사람처럼 흥겹게 술자리를 즐겼다. 그러면서도 종종 주류 시음 행사의 아르바이트를 가기도 하는 재미있는 친구다(술도 안 먹으면서 설명에 능하고 말투도 호감형이라 내가 시음 손님이었다면 아마 그 자리에 있는 모든 술을 사버렸을 거다).

야마가타에 갔을 때, 그녀와 함께 속눈썹 연장을 하러 간 적이 있다. 한국에서도 해본 적이 없는데, 같이 하러 가자는 에리짱의 말에 선뜻 그러겠다 답했다. 가게 근처 정류장에서 만나기로 하고 그녀를 기다리고 있는데, 길 건너편에서 에리짱이 큰 소리로 나를 불렀다.

"미니짱! 거기 앞에 있는 차, 우리 엄마야. 인사해~!"

잉? 잉? 어리둥절한 표정을 잠시 짓다가 바로 앞에 신호 대기중인 차의 운전자와 눈이 마주쳤고, 얼떨결에 고개를 까닥이며 인사했다.

잠시 후 에리짱이 길을 건너왔다.

"뒷자리 봤어?"

"아니. 너무 갑작스러워서 제대로 못 봤어. 왜?"

"내 딸이야. 다음엔 우리집에 와. 가만 있자, 우리 딸이 수요일에는 학교를 안 가니까 수요일이 좋겠다."

제대로 보지 못했지만 언뜻 보아도 꽤 큰 아이, 아니 학생으로 보였다.

"그렇게 큰 아이가 있었어? 몇 살인데?"

"중3이야."

나는 아직 결혼도 안 했는데 에리짱에게는 딸이 있었다니. 아니, 사실 결혼한 것도 지금 알았는데 이렇게 다 키워놓은 딸까지 있다니!

"근데 수요일에는 학교 안 간다는 건 무슨 말이야? 원래 수요일은 휴교야?"

"아니, 우리 딸만 안 가. 자기가 정했어. 그리고 가끔 아침에 일어나서 가기 싫으면 안 가는 날도 있어."

"어, 괜찮은 거야? 학교에서 뭐라고 안 해?"

"선생님한테 전화 오지."

"그럼 뭐라고 해?"

"음… '네, 집에 있습니다. 오늘은 학교 가고 싶은 기분이 아닌가봐요'라고 해."

나로서는 상상도 할 수 없는 대처였다. 내키지 않으면 자체 휴교를 때리는 딸과 전혀 문제삼지 않는 엄마라니. 에리짱이 자유로운 영혼의 소유자란 건 알았지만 도대체 얼마나 자유로운 거야? 별일 아니라는 듯이 '그래도 유급은 피하고 싶으니까 날짜를 잘 계산해야 한다'라는 설명도 잊지 않았단다. 3대가 함께 사는 집안이니, 할머니도 이 사실을 용인한다는 것인데 정말 신기하게 느껴졌다. 나도 아이가 생긴다면 이런 사고방식을 가질 수 있을까? 잠시 상상해봤지만 아이도 없는 내게 참으로 쓸데없는 고민이 아닐 수 없다.

며칠 후 에리짱과 어머니의 초대를 받아 그녀의 집에 놀러 갔다. 아주 좁은 골목골목을 지나 그녀의 집에 도착하니 제일 먼저 어머니가 반겨주셨다.

"시부야 집안에 어서오세요."

일본은 결혼할 때 부부가 같은 성을 써야 해서 둘 중 한 명이 성을 바꾸어야 하는데, 에리짱네는 남편이 성을 바꾸었다고 한다.

곧이어 귀여운 단발머리 소녀가 나왔다. 남편을 제외한 에리짱네 식구들과 나 그리고 가정교사(등교하지 않는 날에는 가정교사가 온다고 한다)까지 여자 다섯 명이서 내가 집들이 선물로 사온 과자와 함께 차를 마셨다. TV가 켜져 있었는데 잠시 에리짱이 그 앞에 서 있었다. 그런데 딸이 자기가 좋아하는 프로였는지 대뜸 한마디를 날렸다.

"너, TV 앞으로 지나가지 말라고 했잖아~"

에리짱은 오히려 그런 딸을 놀리겠다며 TV 앞을 더욱 얼쩡거렸다. 그러다 문득 궁금해져서 에리짱에게 조심히 물었다.

"일본에서는 엄마한테 '너お前'라고 말해?"

그러자 그녀가 크게 웃으며 아니라고 말했다.

"아니야, 우리집이 특이한 경우야. 나도 '후리(free)'하고, 딸도 '후리'하니까. 다른 집은 안 그래."

어디서부터 어떻게 받아들여야 할지 모르겠어서 그냥 고개를 끄덕이고 말았다.

에리짱 집에는 일곱 마리의 고양이들도 함께 살고 있었는데, 길고양이를 하나둘 입양하다보니 어느새 이렇게 되었단다. 너무 많아져서 자신이 일하는 게스트하우스로 입양 보낸 아이도 있다는데, 그 아이가 바로 나쓰코짱이었다. 매일 밤 내 침대에서 잠드는 그 아이.

흔히 일본 사람들을 두고 '정이 없다' '개인주의적이다' '남의 일에 관심을 두지 않는다'고 하는데 에리짱을 비롯한 야마가타현의 사람들을 만나면서 생각이 바뀌었다. 특히 이곳 게스트하우스에서 만난 사람들은 대부분 그랬다. 먼저 다가오고, 기꺼이 돕고, 무엇이든 권해준다. 이것이 지역색인지 아니면 비슷한 사람끼리 모여드는 건지는 알 수 없지만, 일본도 사람 사는 곳이라 각자가 다 다르다는 결론에 이르게 된다. 차가운 사람이 있는가 하면 살가운 사람도 있는 법이다. 오히려 적당한 거리감을 계속 유지하는 게 관계에 더 좋을 때도 있다. 당연히 친해지면 그 거리감을 조금은 좁히고 싶을 때도 있는 법. 하지만 그 부분에서는 확실히 일본 사람들과 거리를 좁히기가 쉽지는 않다.

에리짱은 그런 면에서 적당했다. 적당한 거리를 유지하면서도 나에게 엄청난 도움을 주곤 한다. 내가 어려움에 처해 있으면 손수 돕고자 먼저 나서준다. 물론 도움받는 게 더 편하더라도, 나름대로 '그래, 혼자 해보는 것도 중요해'라며 사부작거리는 나를 알아주기도 한다. 내가 괜히 스스로 하겠다며 귀찮게 이것저것 물어볼 때도 있지만, '미니짱이 물어보는 건 하나도 귀찮지 않다'며 더 물어보라고도 말해준다.

긴 여행을 하면서 이런 친구를 만난 건 정말 행운이다.

반대로 한국에 오면 내가 그렇게 해줄 텐데, 에리짱 왜 안 오는 거야!

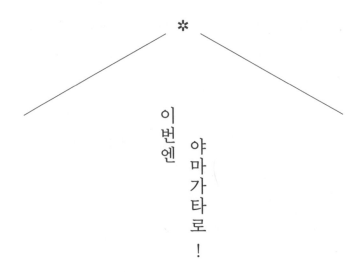

이번엔 야마가타로!

한국에서 하던 일을 그만두었다.

그만두고 나니 떠나야지 싶었다. 모리노키에 갈까 싶기도 했지만 문득 에리짱이 보고 싶었다. 야마가타에 가야겠다는 생각이 스쳤다.

먼저 도쿄에서 짧은 여행을 하고 야마가타로 향했다. 이동은 심야 버스로 했는데, 에리짱은 사실 내 도착 시간에 맞추어 하차장에 와주려 했지만 아침 일찍 도착하는 탓에 역 안에서 만나기로 했다. 너무 이른 시각에 도착했더니 게스트하우스로 바로 가기엔 무리가 있었다. 에리짱은 나를 데리고 열차에 올랐다. 우리가 내린 역은 야마데라山寺역. 야마가타 여행자라면 가장 먼저 가야 하는 여행지임과 동시에 야마가타 사람들에게도 신성시 여겨지는 특별한 곳이다. 여러 개의 절이 산에 모여 있어 그 지역 자체가 야마데라라고 불리는 곳이다.

역내 코인 라커에 캐리어와 배낭을 욱여넣고, 야마데라의 입구로 갔더니 엄청난 계단이 나를 기다리고 있었다. 다행히 아름다운 풍경과 단풍이 먼저 눈에 들어오긴 했지만 운동에 취약한 나로서는 곧 좌절을 맛봐야만 했다. 그 고난을 지나야만 릿샤쿠지立石寺라는 유명한 절을 만날 수 있고, 한때 일본 교과서에도 실려 유명해진 절벽에 세워진 개산당***의 모습을 볼 수 있으니 영차 힘을 내본다. 이 개산당 위에 서서 내려다보는 야마데라의 풍경은 가슴이 뻥 뚫릴 정도로 시원하다. 곱게 물든 단풍과 마을의 풍경을 한참 동안 멍하니 내려다보다 사진을 찍었다. 그 풍경이 미처 사진에 다 담기지 않아 괜히 사진기를 탓하거나 사진 찍는 실력을 탓했다.

***　　　　절을 처음 세운 승려의 초상이나 위패를 모셔둔 곳을 말한다.

이곳 릿샤쿠지의 근본중당***에는 불멸의 법등이라 불리며 천년 넘게 꺼지지 않는 불이 있다. 본원인 교토의 유명한 절에서 법등을 분등해온 것이라 하는데, 오히려 본원의 것이 꺼져버린 바람에 이곳의 불씨를 다시 본원에 보냈다고 한다. 이 흥미로운 이야기를 야마데라에 다녀온 후에 들어서 실제로 보진 못했다.

이 동네는 하이쿠 작가 마쓰오 바쇼가 다녀간 곳으로도 유명하다. 바쇼는 17세기 하이쿠를 집대성한 사람이다. 작품 가운데 도호쿠東北 기행문인『오쿠로 가는 작은 길奥の細道』이 잘 알려졌는데 그중에서도 야마데라에서 쓴 매미 소리에 대한 하이쿠가 유명하다. 그래서 이곳에서는 바쇼의 동상도, 하이쿠 시비도 볼 수 있다.

閑さや、岩にしみ入る蝉の声
한적함이여, 바위에 스며드는 매미의 소리

릿샤쿠지를 내려와 에리짱이 나를 이끈 곳은 센주인千手院

***   절에 모셔진 부처 가운데 주불主佛이 안치된 본당을 뜻한다.

이라는 작은 절이었다. 특별히 볼거리가 있는 관광지는 아니었으나 에리짱이 나를 이곳에 데려간 데에는 이유가 있었다.

이곳 절에는 도리이가 있기 때문이었다. 원래 도리이는 신사에만 있는 것인데, 에리짱이 말해준 바에 의하면 일본은 좋아하는 것을 한곳에 모아두는 걸 좋아해서 한동안 절에도 도리이를 설치했단다. 그 결과 절과 신사의 경계가 모호해지는 바람에 이후 이곳이 절인지 신사인지를 대대적으로 정리하는 시기가 있었다고. 그래서 절로 분리되어 있지만 찾아보면 도리이가 설치된 곳들이 많이 있다고 한다. (나중에 검색해보니 이보다 훨씬 복잡한 이야기였는데, 에리짱의 간략한 설명이 더 기억에 남는다.)

센주인 역시 그런 절 중 하나라, 절임에도 불구하고 도리이가 있다. 절에 들어가기 위해선 이 도리이를 지나는 것 말고도 하나의 관문이 더 있다. 바로 도리이 뒤쪽의 철길이다. 실제로 열차가 다니는 길이니 조심히 건너야 한다. 이런 형태의 절은 일본에서도 흔치 않다. 실제로 그후에 일본인을 몇 번 이곳에 데려갔는데, 다들 처음 본다며 신기해했다.

그 외에도 재미있는 건 이 도리이의 이름이 '쓰이테루ついてる'인데, 해석하자면 '운 좋다' '재수 좋다' 정도다. 그래서 알려

진 전설로는 이 도리이의 오른쪽 기둥을 안고 '쓰이테루'를 열 번 외우면 애정운이, 왼쪽 기둥을 안고 외우면 금전운이 좋아진다고 한다. 그래서 나도 에리짱도 이곳에서 기둥을 안고 쓰이테루를 열 번 말했다. 아, 중요한 사실 하나. 양쪽 다 하면 효험이 없다고 하니 명심할 것.

에리짱의 훌륭한 안내로 야마가타의 첫인상은 고즈넉하고 신비로움 그 자체였다. 사실 심야 버스로 올라오는 내내 멀미와 체기로 밤새 고생했던 터라 이번 여행이 괜찮을까 걱정하던 차였다. 하지만 탁 트인 멋진 자연 풍광과 고요한 절들을 거닐며 그 불안이 희미해지는 것을 느꼈다.

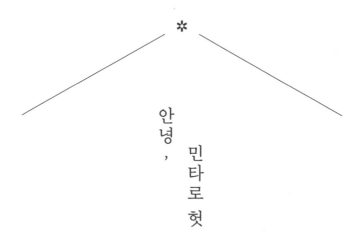

안녕, 민타로 헛

에리짱의 소개로 가게 된 야마가타의 '민타로 헛ミンタロハッ
ト 게스트하우스'(줄여서 민타로)는 주인장 사토 히데오씨가 뉴
질랜드 여행을 갔다가 어느 숙소를 보고 한눈에 반해, 일본으
로 돌아와 같은 이름의 숙소를 지은 것이라고 한다. 그래서 객
실의 이름도 뉴질랜드 호수 이름들로 이루어져 있다. 비록 이
름은 이역만리 오세아니아에서 왔지만, 민타로는 야마가타
역과 기타야마가타北山形역 사이 고즈넉한 주택가에 자리하
고 있다. 초록색 간판을 제외하면 여느 주택들과 다르지 않은

2층짜리 건물이다(최근에 손기술 좋은 단골손님이 잘 보이는 간판을 달아주었다).

객실은 네 개, 최대 수용 인원이 여덟 명인 초소형 게스트하우스지만, 워낙 단골이 많아 마룻바닥이든 스태프룸이든 할 것 없이 항상 사람들로 붐빈다. 24시간 오픈인 현관문을 들어서면 왼편에는 히데오씨의 어머니가 거주하시던 개인 공간이 있고(현재는 히데오씨를 비롯한 모든 스태프들이 머무는 곳이다), 정면에는 2층으로 올라가는 계단이 있으며, 오른편에는 주방 겸 거실로 향하는 문이 있다. 특색 없는 건물이라 여행객들이 길 찾기에 애를 먹는다는데, 나는 다행히 에리짱과 그녀의 남편이 동행해주었다.

민타로에 처음 갔던 해에는 일주일 정도의 짧은 시간을 보냈다. 이번에도 우퍼의 형태로 머물 예정이었다. 사실 일주일은 일을 익힐 만하면 그만두어야 하는 상황이라 게스트하우스측에서도 원하지 않을 수 있다는 걱정으로 가득했는데, 히데오씨는 무엇이든 괜찮다고 말해주는 '예스맨'이었다. 원하는 만큼 있으면 된다는 말에 긴장이 풀렸다.

잠에서 이제 막 깬 듯, 까치집을 머리에 짓고 나온 히데오

씨는 말랐지만 다부진 체격에 인상좋은 아저씨였다. 히데오씨는 처음부터 나를 '미니'라고 이름으로 불렀다. 별다른 호칭 없이 성을 빼고 이름만 부르는 것을 '요비스테呼び捨て'라고 하는데 친밀하지 않은 사이에서는 대체로 하지 않는다. 일본인임에도 거침없이 들어오는 요비스테가 처음에는 익숙하지 않았다. 내 이름이지만 내 이름이 아닌 듯한 느낌에 불릴 때마다 깜짝깜짝 놀라곤 했으나 지금은 너무도 익숙하다. 친밀함의 표현이니 심지어 기쁘기까지 하다.

일주일을 머물면서 히데오씨는 내가 가고 싶어하는 곳이라면 어디든 흔쾌히 데려가주었고, 가끔 나의 무리한 부탁도 들어주셨다. "자오산蔵王山의 오카마御釜 분화구***에서 일출이 보고 싶어요" 같은 사실 반쯤 농담으로 건네는 이야기까지도, 히데오씨는 "좋아, 가자"라고 말하며 바로 행동으로 경험시켜주었다. 아마 여행자인 내게 야마가타를 최대한 많이 보여주고 싶었던 것 같다.

***   자오산은 야마가타와 미야기의 경계를 잇는 산이다. 분화구인 오카마에는 칼데라호수가 있는데 계절별로 색깔이 달라 아름답다.

이런 곳에서 일주일만 있기가 아까웠지만 어쩔 수 없이 다음을 기약할 수밖에. 도쿄나 오사카처럼 접근성이 좋지는 않지만 그래도 꼭 한번 다시 와서 제대로 야마가타를 즐기리라 생각했다. 그리고 결국 다음해, 일본산 체리인 사쿠란보桜ん坊의 계절에 다시 야마가타에 갔다. 그때는 길게 두 달 반 정도를 민타로에서 보냈다. 이때 많은 사람을 만나고 많은 곳을 둘러보고 경험하며, 민타로의 가족이 되었다.

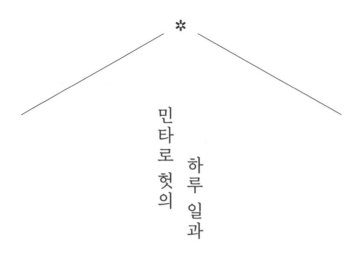

우퍼로서 온 게스트하우스니 처음 안내받은 곳은 역시 스
태프룸이었다. 민타로 사람들은 그곳을 '피아노방'이라고 불
렀다. 방 안으로 들어가자마자 그랜드 피아노를 볼 수 있기 때
문이다. 오른쪽에는 주방, 왼쪽에는 거실이 있었다. 한쪽 벽에
는 2층 침대 두 개가 붙어 있었는데, 다른 벽은 커튼도 없이 유
리로 되어 있어서 아무도 없을 때도 옷을 갈아입으려면 침대
안으로 들어가야 했다. 숙박 공간은 모두 룸 형태지만 스태프
공간은 철저하게 오픈되어 있다. 주인장인 히데오씨도 그곳

에서 묵고 있었는데, 그때까지 남녀 공용 도미토리는 한 번도 이용해본 적이 없어서 좀 낯설었다. 침대에 짐을 풀고, 첫날은 분위기를 익히는 데 시간을 보냈다.

처음 머물렀던 일주일간 내 업무는 침구 정리와 청소가 주를 이뤘는데, 이후 두 달 넘게 지내면서는 훨씬 다양해졌다. 모리노키에서는 마사씨가 주요 업무를 도맡아서 헬퍼가 하는 일이라고는 침구 정리, 청소, 프런트 보기(자리 지키기에 가깝다) 정도였지만 민타로는 헬퍼도 호스트 업무를 모두 처리할 수 있게끔 교육시켰다. 그래서 히데오씨가 부재중일 때 손님의 체크인을 돕기도 했고, 함께 장을 보러 가는 등 게스트하우스 전반 업무를 두루두루 하게 되었다. 처음 일본어로 손님의 체크인을 받았을 때는 어찌나 긴장했던지, 냉장고れいぞうこ***를 말할 때 혀가 굳는 바람에 일본인들이 나를 이상하게 쳐다보기까지 했다. 어찌저찌 설명을 끝내고 무언가 놓친 것은 없는지 히데오씨의 눈치를 살피는 것을 마지막으로 무사히 체

***　　　　외국인에게 어려운 발음 중 하나인 '조ぞ'는 '조'와 '죠' 사이로 발음한다.

크인을 마치고 안도할 수 있었다.

민타로는 일의 영역뿐 아니라 일하는 방식도 모리노키와는 사뭇 달랐다. 보통 게스트하우스의 업무는 아침 일찍부터 시작되는데, 이곳은 특이하게도 자기 좋을 때 자기 페이스대로 일어나서 일을 하면 된다. 그저 손님들의 체크인 시간대인 오후 3시 이전에만 일을 끝내면 아무 문제없었다.

체크아웃한 손님의 침대 시트를 걷어 세탁기에 돌리고, 화장실과 욕실을 청소한 뒤에는 벽에 붙어 있는 메모판에 처리한 일을 체크하거나 메시지를 보내면 된다. '세탁기는 돌렸어요. 일어나면 널어주세요.' '욕실 청소는 했습니다.' '화장실 청소 완료했습니다' 등등 스태프끼리 공유하는 것이다. 그러면 나머지 마무리는 늦게 일어나는 편인 히데오씨가 한다.

히데오씨는 작은 게스트하우스니 혼자서 전부 할 필요 없다고, 자기 할 만큼만 하고 외출해도 좋다고 했다. (에리짱도 일찍 와서 일한 뒤 업무가 끝나면 매일 외출했다.) 모처럼 야마가타에 왔으니 이곳의 좋은 것들을 많이 보고 갔으면 좋겠다고 했다. 헬퍼지만 언제나 여행자인 나의 입장을 정확히 이해해주는 히데오씨가 지금도 고맙다.

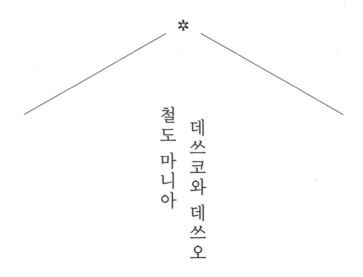

내가 나고 자란 곳에는 기차역이 없다. 기껏해야 버스를 타고 이모 댁인 인천이나 안양을 가는 게 어린 시절에 경험해본 '지역 이동'의 전부였다. 멀미를 자주 하는 나로서는 버스에서 할 수 있는 것이 자는 것밖에 없었기에 버스로 어딘가를 간다는 게 마냥 좋지만은 않았다. 대학에 입학한 후 스무 살이 되어서야 기차라는 것을 처음 타게 되었다. 이 얘기를 했더니 친구들이 비웃듯이 물었다.

"아니, 어떻게 기차를 처음 탈 수 있어?"

"사는 곳에 기차역이 없는데 당연한 거 아냐?"

처음 기차를 탄 곳은 삽교역이라는 간이역이었다. 그곳에서 영등포까지 오가는 친구들을 따라 나도 종종 타보곤 했는데, 철길을 따라 일정한 리듬으로 덜컹거리며 달리는 기차가 신기하기만 했다. 반면 일본은 철도의 나라 아닌가. 여행하다 보면 쉽게 철길을 볼 수 있고, 철도 건널목도 흔하다. 주변이 무척 시끄러울 것 같은데 그 가까이에 집도 있고 가게도 있다. 모리노키 가까이에도, 민타로 가까이에도 철길이 지천으로 깔려 있다. 일본 여행은 철도에서 시작해서 철도로 끝난다고 해도 과언이 아닐 정도다.

민타로가 인연이 되어 삿포로에서도 만났던 '야마가타대학 졸업생 모임'(뒤에서 더 자세히 소개하겠다) 가운데 한 분인 무라야마씨는 철도를 좋아하셨다. 아주 오래된 열차표를 소중히 보관하고, 특이한 열차를 타러 다니신다고 한다. 어느 열차가 운행을 중단하게 되면 그 열차를 마지막으로 타러 가서 역마다 한 번씩 내려보기도 한다고 소년의 얼굴로 이야기하던, 머리가 희끗희끗하던 무라야마씨.

그분이 해준 이야기 중 흥미로웠던 기차 이야기는 일본 본

토를 가리키는 혼슈本州의 아오모리青森와 홋카이도의 하코다테函館를 잇는 철도에 대한 것이었다. 지금이야 해저 터널인 세이칸青函 터널이 뚫려 자유롭게 철도가 오가지만 과거에는 배나 비행기밖에 이동 수단이 없었는데, 그중 기차를 싣고 항해하는 배가 있었다는 것이다. 바로 세이칸 연락선이다. 아오모리에 가면 지금은 출입이 통제되었지만 바다로 향하는 오래된 기찻길이 있다고 한다. 이 길을 따라 기차가 배에 실려 하코다테로 향하는 것이다. 이젠 역사 속으로 사라져 더이상 탈 수 없다는 이 기차가 갑자기 타고 싶어졌다. 철도 이야기를 하던 무라야마씨의 얼굴에 소년이 살고 있듯, 내 가슴속에도 소녀가 살고 있나보다. 그 기차를 타진 못하겠지만 그 흔적을 언젠가는 찾아가보고 싶다는 생각을 꽤 오랫동안 했다.

민타로의 단골손님 가운데 철도 마니아가 한 명 더 있다. '바다의 날'***에 만난 가쿠짱이다. 공휴일을 맞아 손님들과 함께 바닷가로 캠핑을 나왔는데, 철도와 관련된 일을 하는 그가 무전기 같은 것을 들고 있었다. 무엇이냐고 묻자 기차가 들

***　　매해 7월 셋째 주 월요일로 일본의 공휴일이다.

어오는 소식을 알려주는 기계라고 답했다. 그날 우리가 캠핑을 하는 곳에는 건너편에 기찻길이 있어서 이 무전기를 켜두면 기차가 언제 지나가는지 미리 알 수 있다고. 실제로 그날 무전기에서는 시시각각 어느 기차가 이곳을 통과한다는 무전이 흘러나왔다. 무전이 들리면 모두 다른 일을 하다가도 기찻길을 향해 섰다. 터널을 빠져나오는 기차가 보이기 시작하면 우리는 손을 흔들기 시작했다. 운이 좋으면 기관실에서도 손을 마주 흔들어주었다. 더 운이 좋으면 창밖을 내다보던 손님들도 손을 흔들어준다. 이게 뭐라고 이렇게 기쁠 일인가.

"와, 봤어요? 봤어요? 승객이 손 흔들어줬어요."

내가 신나서 말하니 히데오씨가 물었다.

"미니, 철도 좋아해?"

"글쎄요. 좋아한다고 생각해본 적은 없는데, 그런 적은 있어요. 한국에서 운행을 끝내는 열차가 있었는데 마지막으로 타보고 싶어서 어렵게 표를 구했고요. 2층 기차가 도입된다기에 한번 타보러 간 적도 있어요."

"아, 그럼 미니는 데쓰코鉄子***맞네."

***   '여성 철도 오타쿠'를 가리킨다. 남자는 '데쓰오鉄男'라고 한다.

"그러네요. 저는 데쓰코였네요."

저렇게 말하는 히데오씨도 사실은 철도 마니아다. 히데오
씨는 매해 'JR 청춘18티켓'***이라는 걸 사서 열차 여행을
다닌다. 하지만 만만치 않은 여정이다. 이 패스로는 고속철도
인 신칸센新幹線을 탈 수 없기에 도쿄에서 오사카까지 가는 데
열 시간이 걸린다. 후쿠오카에서 홋카이도까지 가는 데 꼬박
이틀이 걸린다고 생각하면 얼마나 쉽지 않은 여정인지 짐작
이 갈 것이다. 하지만 '데쓰오'라서 즐긴다. 지역 여행을 활성
화시키기 위해 외국인들만 살 수 있는 'JR 도호쿠-미나미홋
카이도 레일패스'(기차로 민타로와 모리노키를 갈 수 있는 아름다
운 운행 코스를 자랑한다)를 보여줬더니 히데오씨가 굉장히 부
러워할 정도였다.

"이게 그 소문의 레일패스구나. 나도 갖고 싶다."

"히데오씨도 청춘18티켓 있잖아요."

"이건 신칸센을 탈 수 없어. 여행하기에 시간이 오래 걸려."

열차를 좋아하는 히데오씨지만 게스트하우스를 운영하는

***　　　이름 때문에 연령 제한이 있어 보이지만, 그렇지 않다. 누구든
　　　　　열여덟 청춘의 마음으로 여행을 떠나라는 뜻으로 지어진 이름
　　　　　이다.

주인장으로서는 가끔은 좀더 빨리 움직이고 싶을 때도 있을 것이다. 그래도 신칸센을 탈 수 있는 구간이 존재하는데 바로 아오모리-하코다테 구간이다. 세이칸 터널이 개통되면서 재래선 운행이 중단되고 그 구간은 신칸센만 운행하기 때문에 청춘18티켓으로도 추가 요금 없이 탈 수 있는 구간이라고 한다.

철도와 접근성이 떨어지는 삶을 살기도 했고, 최근 자동차 여행을 시작하면서 편리함과 신속함에만 집중했지만 열렬하게 철도를 이야기하는 사람들을 보니 기차가 타고 싶었다. 처음 오타루로 향하던 열차 안에서 오른쪽 창밖으로 보이던 바다가 보고 싶었다. 열차를 타고 이름도 모르는 마을에 내려서 가장 오래되어 보이는 찻집에 들어가 커피를 마시고 싶었다.

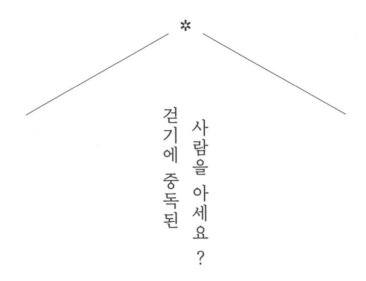

사람을 아세요?
걷기에 중독된

히데오씨는 걷기 중독이다. 일본어로 알코올 중독을 줄여서 '아루추ァル中'라고 하는데, 히데오씨는 다른 의미의 아루추다. '걷기'를 뜻하는 '아루키ぁるき'에 중독된 사람, 줄여서 '아루추'. 물론 알코올도 좋아하지만.

민타로에는 모리노키의 '소바의 날'처럼 독특한 문화가 있다. 바로 '윤타쿠ゆんたく'다. 모든 투숙객들이 저녁에 한자리에 모여 먹고 마시며 수다 떠는 일종의 술자리다. 이 자리에 참여할 사람들은 숙소 내 설치된 '기부 박스'에 각자 참가비를 넣

으면 된다. 정해진 금액은 없다. 각자 여유가 되는 대로 내면 된다. 모인 돈은 그날 술자리에 올라갈 각종 안줏거리를 준비하는 데 사용된다. 윤타쿠는 오키나와 사투리로, 히데오씨가 오키나와를 여행할 때 너무 좋은 경험이라 생각해 자신의 게스트하우스에 도입한 문화다. 작은 모임이라지만 어찌 되었든 술자리기에 늦은 시간에 끝날 때도 있는데, 히데오씨는 매일 밤 비가 오나 눈이 오나 윤타쿠가 끝나면 그게 몇 시든 상관없이 걸으러 나간다. 혼자서도 나가고, 둘이서도 나가고, 여럿이서도 나간다.

나 역시 걷는 것을 좋아하는 편인데, 평소 많이 걷지 못한 아쉬움을 여행 가서 하루종일 걸으면서 푼다. 그러다가 족저근막염이 생기기는 했지만 그래도 걸으면서 보는 풍경은 차를 타고 보는 풍경과는 달라도 너무 다르다는 것을 알기에 걷는다. 걷는 시간은 내가 이만큼 걸었구나, 내가 여기까지 왔구나 하는 여행의 뿌듯함을 느끼게 한다.

하지만 속도는 또다른 문제다. 나는 천천히 오래 걷는 것을 좋아하는데, 히데오씨의 걷기는 그 속도가 차원이 다르다. 거의 경보 수준으로 걷는다. 그는 매해 40.8km를 걷는 '시오야마치塩谷町 걷기 대회'에 출전하기도 한다. 100km를 걷는 버전의 대회도 있어서 거기에도 나간다는데, 처음에는 24시간이라는 제한 시간에 간당간당하게 들어왔지만 이제는 17시간대로 줄였다고. 얼마나 많이 노력했는지 얼마나 걷기에 집중했는지 알 수 있다. 정말 대단하다.

민타로에 있는 동안 걷고 싶지만 그렇게 대단하게 걷기에는 자신이 없다고 말을 건넸더니 상관없단다. 히데오씨는 혼자 걷는 것도 좋아하지만 누군가와 함께 걷는 건 더 좋아하고, 자신으로 인해 누군가가 걷게 되는 건 더욱 좋다고 말했다. 그가 언젠가 SNS에 매일 자신의 걷기를 인증하는 이유에 대해 말해주었다.

"매일매일 걷고 있다는 내 기록이기도 하고, 그래서 하루도 빠지지 않고 걸을 수도 있고… 또 누군가 내가 걷는 걸 보고 따라 걷고 싶지 않을까 싶어서야."

그 말에 나는 이마를 탁 쳤다.

"맞아요. 안 그래도 히데오상 게시물 보고 가까운 길을 빙 돌아오거나 버스에서 내려 걸어오거나 했어요."

"거봐. 난 그거면 돼."

결과적으로 나는 히데오씨로 인해 좀더 걸어야겠다고 자극을 받았고, 야마가타까지 와서 그와 함께 '나이트 워크'를 다니게 되었다. 걷지 않을 이유가 없었다. 하지만 체력이 약해서 어느 정도 타협하여 이틀에 한 번꼴로 걷기에 동참하기로 했다. 거기에 히데오씨의 배려로 너무 늦지 않은 오후 11시쯤에 걷기로 했다. 가끔 윤타쿠가 늦어지면 새벽 2~3시에 걸으러 나가기도 했지만, 그 시간은 도저히 무리라고 했더니 맞춰준 거다. 그런 이유로 윤타쿠가 계속되더라도 우리는 11시면 걷기 위해 밖으로 나갔다. 그때쯤이면 이미 다른 손님들도 자기들끼리 친해져서 잠깐 빠진다 하더라도 문제될 게 없었다. 혹은 나와 히데오씨가 주섬주섬 나갈 준비를 하면 간혹 마음 맞는 손님들 대여섯 명이 한꺼번에 동참하기도 했다.

그날도 어김없이 나이트 워크를 나가려 하는데 비가 제법 내리고 있었다. 나에게 운동화는 한 켤레, 그마저도 천으로 된 운동화였다. 비 오는 날은 무조건 젖을 수밖에 없었다.

"운동화 하나뿐인데 오늘 걸으면 다 젖겠죠? 내일 아침에 나가봐야 하는데."

내가 곤란해하자 히데오씨는 괜찮다고 자기가 아침까지 말려놓겠다며 걱정하지 말라고 했다. 게스트하우스로 돌아온 후 그는 완전히 젖은 내 운동화를 마른걸레로 대충 닦은 후 신문지를 구겨서 신발 안으로 꼼꼼히 넣었다. 이렇게 하면 보통 마르지만, 혹시라도 안 말랐거든 드라이어로 마저 말리면 말끔히 마를 거라고 말했다. 그리고 다음날 아침, 그의 말처럼 뽀송뽀송한 운동화를 신을 수 있었다. 오, 경험에서 나오는 지혜가 놀라웠다.

히데오씨는 가끔 낮에도 걸으러 나간다. 햇빛이 몹시 뜨거운 여름날이었다. 오늘은 날씨가 아주 좋으니 데이 워크를 다녀온다고 말하기에 일단 말렸다.

"잠깐잠깐, 이런 날 걸으면 죽을지도 몰라요."

그런 나의 만류에도 히데오씨는 웃으며 밖으로 나선다. 아마 걷기 대회를 며칠 앞둔 훈련이었던 것도 같다. 히데오씨는 유독 더운 날이면 늘 이렇게 말한다.

"아 기분좋다~"

무슨 말을 해도 날씨는 변하지 않기에 별수없단다. 그렇기에 그는 기분좋다고 말하곤 웃는다. 그러면 정말로 기분이 좋아지는 것 같기 때문이라나. '행복해서 웃는 게 아니라 웃어서 행복하다'라는 말도 있지 않은가. 히데오씨는 늘 자신에게 주문을 거는 것만 같다.

이런 성인聖人이 우리 사이에 존재한다는 사실이 놀라울 따름이다. 이 놀라운 사람과 이번 생에서 인연이 닿았다는 것에 감사한다. 따라 한다고 해도 도저히 따라갈 수 없겠지만, 그를 보며 조금이라도 반성하고 조금 더 나은 사람이 되어야 한다고 나에게 타이른다.

그는 지금도 여름이면 땀을 뻘뻘 흘리며 말한다.

"아~ 기분좋다. 아아~ 날씨 좋네요!"

자신에게 말하고 또 남이 들으라고 그런다. 옆에서 이상한 사람 다 보겠다는 듯 의아한 눈빛으로 쳐다보기도 하지만, 나도 앞으로는 무척 덥고 땀이 줄줄 흐르는 날은 '기분좋은 날'로 정했다. 짜증을 낸다 한들 날씨는 변하지 않을 것이고, 이렇게 말하고 한번 웃을 수 있다면 나는 당장 '여기'가 중요한 사람이 아니라 저 '멀리'가 중요한 사람이 되지 않겠는가. 그러기 위한 단 두 가지 방법.

긍정적으로 생각하기. 그리고 걷기.

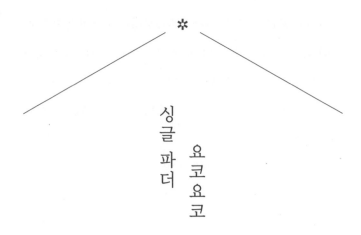

싱글파더 요코요코

홋카이도를 워낙 좋아하다보니 어디서든 홋카이도에서 왔다는 사람을 만나면 귀를 쫑긋 세운다. 홋카이도 어디에서 왔는지, 그곳은 어떤 곳인지 묻고 싶어 주변에서 눈치를 살핀다. 그러던 어느 날, 니부타니二風谷에서 초등학생 아들 둘을 데리고 민타로에 온 유쾌한 아빠. 그는 자신을 '요코요코'라고 소개했다. 이때만 해도 니부타니가 어떤 마을인지 잘 몰랐는데, 그를 통해서 홋카이도의 새로운 곳을 알게 되었다. 그때 직감했다. 또 새로운 길 위에 서리란 걸.

그리고 혼자 니부타니에 도달했다. 그곳은 홋카이도 원주민인 아이누ㄱㄱ의 흔적이 아직도 남아 있는 곳이었다. 요코요코씨의 퇴근 시간에 맞춰 국도변에 '니부타니'라고 쓰여 있는 빨간 간판 아래에서 만나기로 했다. 알겠다는 메시지를 보내고 약속 장소를 찾아나섰다. 낯선 땅에서 혼자 운전해서 어딘가를 찾아가는 것이 걱정되었지만 그곳에 도착하니 헛웃음이 나왔다. 어찌나 큰 간판인지, 멀리서도 한눈에 알아볼 수 있었다. 약속 장소 하나는 기막히게 잡았구나.

그가 사는 곳은 일본 가정집치고는 꽤 큰 단독주택이었다. 마을 사람들 덕분에 말도 안 되게 저렴한 가격으로 살고 있다면서 자기도 누군가에게 받은 걸 되돌려주고 싶다고 했다. 받은 만큼 베풀고 살아야 한다 말하는 사람이었다. 그러니 특히 여행자가 이곳에 머물다 가는 것은 대환영이라고 했다. 혼자 일하며 아이 둘을 키우다보니 집 안이 말끔하게 정리되어 있진 않았지만, 하룻밤 신세 지기에는 너무나 감사한 곳이었다.

다음날 요코요코씨는 아이누의 의식을 체험하는 행사가 있다며 함께하겠냐고 물었다. 아이누는 일본의 홋카이도, 러시아의 사할린 등에 분포되어 살던 민족이다. 그래서 홋카이도 대부분의 지명 이름은 아이누 민족의 언어에서 그 발음을 빌려 한자화한 것이 많다. 우와, 홋카이도 원주민을 만나다니, 게다가 그 의식을 볼 수도 있다니 가슴이 두근거렸다. 우리는 아이누 대표라는 분의 집에 방문해 인사를 나누었다. 그분의 남편분도 한국인으로, '박상'이라고 하는데 지금은 돌아가셔서 한국에 모셨다고 한다. 짧게 이런저런 담소를 나누다가 아이누 행사가 열리는 장소로 함께 이동했다.

행사 내내 그들은 어떤 주문을 외우고 뭔가를 태우는 일들을 반복했는데, 옛날 영화에서나 볼 법한 낯선 분위기의 의식들이 진행되니 처음 보는 풍경에 살짝 두렵기도 했다. 행사의 한 코너로 일종의 점을 봐주는 시간이 있었다. 소원을 적어둔 종이를 불에 태우고는 나에게 빨간 옷을 입은 선조가 보인다느니, 그가 나를 지켜주실 거라는 말을 받았다. 교과서에서나 봤던 토테미즘이 이런 걸까? 내가 살면서 토테미즘 의식 현장에 있을 거라고는 상상도 못했다. 종교를 믿지도 않고, 그에 빠져드는 타입은 더더욱 아니지만 그 순간만큼은 충실히 고개를 끄덕이며 아이누의 이야기에 귀를 기울였다. 이 세계를 이해하려면 더 많은 공부가 필요할 듯한데, 아이누 대표를 뭐라고 불러야 하는지도, 어떤 내력을 가진 토템인지도 모르는 상태라 그저 묵묵히 고개만 열심히 끄덕일 뿐이었다.

요코요코씨는 홋카이도 출신이지만 그전에 오키나와에서도 살았다고 한다. 나를 만날 당시에는 '다시 홋카이도에서 살고 있지만 언젠가 또 오키나와로 돌아갈 거야'라고 했다. 그리고 지금은 시즈오카静岡의 한 라멘가게에서 두 아들과 함께 라멘을 수련중이라 했다. 셋 다 요리에 재주가 없지만 요리사가 되기 위해 수련중이란 말에 웃음이 나왔다. 그에게 응원의 말과 함께 언젠가 시즈오카로 라멘을 먹으러 가겠다는 말을 전했다. 찰나의 여행을 이어붙이면 이렇게 바로 인연이 된다.

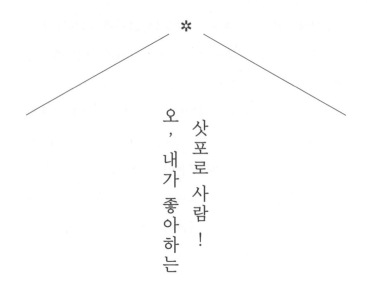

삿포로 사람!

오, 내가 좋아하는

호기심 많은 LEE상에게 민타로를 소개하면서 윤타쿠 문화와 히데오씨에 대해 이야기했더니 금방 날을 잡아 야마가타로 날아왔다. 히데오씨와 첫인사를 나누고 영어로 이야기를 이어가던 LEE상은 오늘 저녁 히데오씨가 요리할 때 옆에서 거들면서 요리법을 배우겠다고 말했다. 그러더니 슈퍼마켓에 가서 아주아주 큰 사케도 사왔다. 저녁에 있을 윤타쿠를 기대하는 눈치였다. 저녁 메뉴로 우리는 다 같이 만두를 빚었다.

그날 저녁의 주인공은 단연 야마가타대학교 졸업생 네 분이었다(앞선 글에서 소개한 무라야마씨의 모임이다). 머리카락에 흰 기운이 감도는 어르신들이었는데, 대학 다닐 때 굉장히 친했지만 모두가 모인 건 졸업하고 처음이라 했다. 은퇴하고 이제야 시간이 맞아 얘기 나누던 중 청춘을 보낸 야마가타에서 만나자는 이야기가 나와 민타로에서 다시 뭉치게 된 것이다. 그런데 그들 가운데 호리노씨와 무라야마씨가 삿포로 사람이고 현재도 거주중이라고 했다. 나와 LEE상의 눈이 단번에 휘둥그레졌다. 나는 홋카이도 산다는 사람만 만나면 항상 거침없이 고백하곤 한다.

"어머! 저는 홋카이도가 좋아서 일본어 공부를 시작했어요. 지금도 틈만 나면 홋카이도에 가고 싶고요. 홋카이도가 너무 좋아요!"

처음 만난 사람에게 자기표현을 잘 안 하는 나지만 홋카이도 사람 한정으로, 반사적으로 이렇게 애정을 표현하곤 한다. 그럼 대체로 '애니메이션이 좋아서도 아니고, 일본 영화나 드라마를 좋아해서도 아니고, 쟈니스***를 좋아해서도 아니고… 홋카이도를 좋아해서 일본어를 배우기 시작했다니'라는

*** 　　　남자아이돌을 제작하는 일본의 거대한 엔터테인먼트 회사다.

반응이다. 흔치 않으면서도 자기 지역을 좋아해준다 하니 대체로 기쁘게 받아들인다.

그들은 3일 동안 머물면서 낮에는 그들만의 추억을 소환하러 나갔고, 밤이면 다시 즐거운 술자리를 열어 서로 이야기를 나누었다. (저녁을 한창 먹다 갑자기 별을 보고 오겠다며 넷이 나갔다 오기도 했다. 오, 낭만파 어르신들.) 한국이란 나라에 대해 잘 모르고 계셔서 오히려 우리에게 궁금한 것이 참 많았다. 사실 이전에도 일본에서 한류가 한차례 유행하던 때가 있었고, 그때 역시도 다시 전성기를 맞아 고개를 반짝 들고 있었을 때니 그들의 관심은 한국으로 향할 수밖에 없었다. 오히려 그분들이 유행에 뒤처져서 미안하고 했다.

그러다 취한 듯 보이는 LEE상이 문득 물었다.

"아침에 누가 악기 연주하던데, 누구시죠? 8시 55분에."

알고 보니 그 역시도 어르신들이었다. 누군가 악기 하나씩을 들고 오자고 했단다. 대학 시절 넷이서 합주했던 기억도 함께 되살려보자는 아이디어가 떠올라, 그런 제안을 했다고. 그들이 얼마나 아름다운 청년 시절을 보냈는지 훤히 다 보이는 듯했다.

그럼 지금 악기를 모두 가져와 한 곡만 연주해달라고 LEE

상이 조르니, 연습할 땐 언제고 엄청 부끄러워하며 서로 미뤘다. 참 귀여우신 분들이다. 한 분은 바이올린을 가져왔고 또 한 분은 기타를 가져왔는데 리코더까지 합세해 즉석 연주회가 열렸다. 세상에나, 이렇게 멋지게 늙어야 하는데.

그날 이후 우리와 친구가 된 호리노씨와 무라야마씨는 삿포로가 그렇게 좋다면 삿포로에서도 만나자고 먼저 제안해주셨고, 그렇게 8월 말에 가겠다는 약속을 지켜 홋카이도에 갔다. 사실 홋카이도는 원래도 예정에 있었지만 삿포로를 여정에 두진 않았었다. 이번엔 모리노키에 들러 보고 싶은 사람을 만난 뒤, 히데오씨와 온천마을인 소운쿄層雲峽에 갔다가 동쪽을 둘러볼 예정이었다. 요코요코씨가 산다는 니부타니, 디저트가 유명하다는 오비히로帶広, 구시로습원釧路湿原도 가보고 기회가 된다면 네무로根室 지역과 시레토코국립공원知床国立公園, 아칸호수阿寒湖 등도 둘러볼 생각이었다. 그러나 이번 일정은 삿포로 친구들로 인해 크게 바뀌었다. 그렇게 빠른 시일 안에 다시 일본에 올 계획이 없었던 LEE상 역시 마찬가지였다. 혼자 하는 여행이야 언제든 갈 수 있지만 이 친구들의 초대가 언제까지 계속될지는 알 수 없었다.

"홋카이도에 온다면 삿포로에 들러주세요. 같이 술도 마시고, 직접 산에서 키운 야생 채소들도 먹어주면 좋겠어요. 그리고 하루 정도는 차로 삿포로 안내를 해줄 수도 있어요. 가고 싶은 곳이 있다면 말해주세요."

나는 호리노씨의 제안을 덥석 물었다. 사실 다음에 가겠다 말하기는 쉽지만, 여행지에서 만난 사람과 계속 연락하지 않는 상태에서 갑자기 어느 날 가겠다고 말하기는 어렵지 않은가. 하지만 '당신을 만나러 삿포로에 가겠다'는 말은 아주 멋진 만남의 핑계가 된다. 그렇게 우리는 한 달 후에 다시 만날 약속을 했다.

덕분에 내 홋카이도 일정은 바뀌었지만 뭐 어떤가. 지금이 아니면 안 되는 절대적인 일정이 생겼으니 나머지는 뒤로 미뤄둬야지. 지금 두 사람을 만나지 않으면 다음은 없을 것 같은 예감이 들었다. 지금 친해져놔야지, 시간이 지나면 이 약속들도 흐지부지되지 않겠는가. LEE상 역시 내 말에 동감했는지 어렵게 일정을 빼서 우린 홋카이도에서 다시 만났다. 한 달만의 만남이었다. 사실 한국에서도 쉽지 않은 일인데 그 일을 일본에서 벌이다니. 한 번의 여행이 다음 여행으로 이어진다는 진리가 여기서도 여실히 증명된다. 에리짱을 만나 내 여행이

야마가타로 이어졌듯, 야마가타 여행이 호리노씨와 무라야마씨를 만나 다시 홋카이도 여행으로 이어지니 이것도 참 칙칙폭폭 기차 같은 인연이다.

두 사람은 우리가 있는 곳이면 어디든 데리러 오겠다고 말해주었다. 무엇이든 우리에게 맞춰주고 무엇이든 우리 의견을 우선으로 해주니 몸 둘 바를 몰랐지만 그들이 우리에게 주는 애정 표현이리라. 호리노씨는 괜찮다면 본인 집에서 저녁과 함께 술을 한잔하지 않겠냐고 물었다. 일본어 수업을 들을 때 일본인들은 웬만하면 집에 사람을 초대하지 않는다고 했는데, 고작 두번째 만나는 사이에 호리노씨는 우리를 기꺼이 자신의 집으로 초대했다.

곧 무라야마씨가 우리를 픽업하러 왔다. 무라야마씨 차를 타고 호리노씨 댁으로 가는 길. 무라야마씨도 오랜만인지 길을 좀 헤매 예상보다 시간이 조금 더 걸렸다. 끝끝내 내비게이션에 의지하지 않는 그 고집스런 모습이라니. 그는 호리노씨와 평소에도 자주 도서관에서 만나 괜히 고문서를 뒤적인다는데, 그 모습과 겹쳐져 왠지 웃음이 났다.

마침내 도착한 우리를 호리노씨의 부인이 반갑게 맞이해주었고, 네 사람은 한 달여 만에 여행자로 만난 사이에서 여행자와 거주자의 입장으로 다시 만나게 되었다.

지금까지 한국에 가보고 싶다는 생각을 한 번도 해본 적이 없었다는 두 분은 야마가타에서 한국 사람인 우리 둘을 만나 한국이란 나라에 처음으로 가보고 싶어졌고, 많이 궁금해졌다고 하신다. 그러니 이제 한국에 오셔야지. 그럼 그땐 제가 안내하겠습니다.

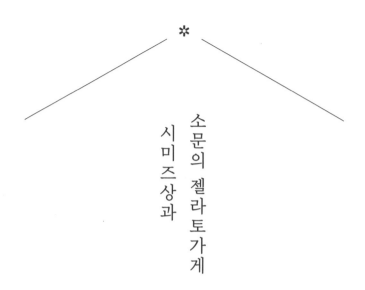

소문의 젤라토가게

시미즈상과

한 손님이 숙박부에 '청수淸水'라고 이름을 적었다. 한자가 익숙한 사람은 눈치챘겠지만 교토에 있는 유명한 절 '청수사淸水寺'와 같은 한자다. 적는 모습을 옆에서 보다가 그 절이랑 이름이 똑같구나 싶어 궁금증이 발동했다.

"이거 뭐라고 읽는 거예요? '기요미즈데라(청수사)' 할 때 그 한자 아니에요?"

그는 익숙하다는 듯 웃으며 '시미즈'라고 밝혔다. 일본인들은 같은 한자여도 이름이나 지명일 경우 다른 발음으로 부르는 경우가 종종 있다. 청수사에서 '청수'는 '기요미즈'라 발음한다. 그래서 청수사는 기요미즈데라지만 이름일 경우 청수는 '시미즈'라고 읽는다고. 또다른 예를 들자면 '가즈나리和也'라고 읽는 것을 '가즈야'라고 읽기도 한다. 음독과 훈독***이 있고, 훈독도 여러 가지 발음을 가진 경우가 많아서, 낯선 한자로 된 이름과 지명은 일본인들도 잘못 읽을 때가 많다. 그래서 당사자에게 묻거나, 지명 같은 경우는 그 지역 사람들에게 묻는다고 한다.

시미즈씨는 약간 소극적인 듯하지만, 묻는 말에는 곧잘 대답하는 평범한 20대 청년이었다. 그날 저녁에는 '린'이라는 손님도 왔다. 어머니가 일본인에 아버지가 남미 출신이었던 그녀는 팔다리가 길쭉길쭉하고 까무잡잡한 친구였다. 다행히 일본어가 능숙해서 대화를 나누는 데 어려움은 없었고, 우리 세 사람은 그날 저녁에 열린 윤타쿠에서 부쩍 친해졌다.

***　　　일본에선 한자를 두 가지 방법으로 읽는데 소리나는 대로 읽는 음독音讀과 한문의 뜻을 새겨서 읽는 훈독訓讀으로 나뉜다. 앞서 말한 '야也'를 '나리なり'라고 읽는 것이 훈독, '야や'로 읽는 것이 음독이다.

다음날 아침 일찍 시미즈씨가 안 보이는가 싶더니 자동차를 렌트해왔다. 셋이서 함께 아침을 먹었고, 야마데라에 가고 싶다는 린을 시미즈씨가 데려다주겠다고 했으며 이내 내게도 함께 가자고 했다. 야마데라는 에리짱과 이미 한 번 가본 곳이지만 새로운 사람들과 가는 것도 재미있을 것 같았다. 에리짱이 첫날 내게 해줬던 것처럼 나도 그들의 안내자가 되기로 했다.

에리짱 흉내를 내며 야마데라를 오르고, 근처 유명한 소바집에서 소바를 먹은 뒤 대망의 센주인을 보여주었다. 도리이를 지나 기찻길을 건너서 들어가는 이 독특한 절을 마주하자 그들도 과거의 나처럼 이런 형태의 절은 생전 처음 본다며 신기해했다. 그 말 한마디로 내 속에 큰 바람이 지나간 것처럼 마냥 기뻤다.

나와 에리짱이 그러했듯 시미즈씨는 오른쪽 기둥을, 린짱은 왼쪽 기둥을 안았고 '쓰이테루'를 열 번씩 외웠다(앞선 113쪽을 참고). 각자의 소원이 이루어지길 바라며 나 역시 다시 한번 기둥을 부둥켜안았다. 어느 쪽인지는 비밀이다.

원래 출발 전부터 가보기를 고대하던 '소문의 젤라토가게'

는 하필 휴무일이라 다음으로 미루게 되었다. 이후 다른 손님과 함께 향한 젤라토가게는 코잡COZAB ***이라는 곳이었다. 가게 근처에는 계곡도 있어 한여름에 물놀이를 즐길 수도 있었다. 나들이를 가기 딱 좋은 분위기였다.

이곳에서는 맛을 세 가지 선택할 수 있었다. 맛은 총 여덟 가지였기에 우리는 고민에 잠겼다. 긴 논의 끝에 두 가지 맛은 포기하고, 서로 각기 다른 맛을 세 개씩 선택해 한 입씩 맛보기로 했다. 또다시 어렵게 여섯 가지 맛을 고르던 우리 모습이 안타깝고 불쌍했나보다. 지켜보던 점원이 우리가 주문한 젤라토에 스푼을 꽂아주면서 고르지 않은 두 개의 맛을 각각 한 스푼씩 퍼서 꽂아주는 게 아닌가! 우와, 진짜 이 직원 센스가, 센스가. 내가 점장이나 사장이라면 이런 직원을 우리 가게로 데려갔을 거라고 생각했다. 우리의 길고 긴 고민을 처음부터 끝까지 귀찮은 기색 하나 없이 웃으며 기다려줬고, 우리가 아쉽지 않도록 최대한 배려를 해준 것이다. 이런 직원이 있는 곳이라면 또다시 젤라또를 먹으러 가야 하는 거 아니겠냐고!

*** 아쉽게도 현재는 다른 도시로 이전했다.

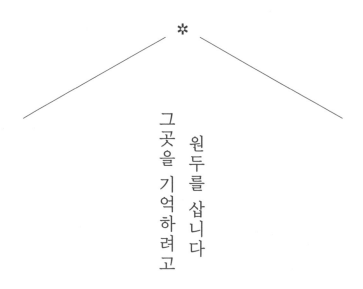

원두를 삽니다

그곳을 기억하려고

일본 여행을 다녀올 때는 꼭 원두를 사오는 편이다. 다만 처음부터 여행지에서 원두를 사왔던 것은 아니었다. 어느 날 모리노키에서 커피를 내리는 마유미짱을 보다가 문득 원두를 어디에서 사는지 물어보게 되었다. 그리고 괜히 한번 따라 사게 된 것이 아마 첫번째 구입일 것이다. 그렇게 처음 원두를 사서 한국에 돌아온 뒤 버터샌드나 시로이코이비토白い恋人***같은 홋카이도 간식과 먹어보았는데, 마치 맛과 향이 그 여행지에서 벗어나지 못한 기분이 들어 가슴이 몽글몽글해졌다.

그 경험을 한 다음부터는 어딜 가든 원두를 사려고 한다. 오타루에서, 삿포로에서, 신치토세공항에서, 구시로釧路시장에서, 히가시카와東川의 미치노에키道の駅***에서, 야마가타 산중턱의 카페나 어르신이 운영하는 오래된 낯선 동네 카페에서도.

모리노키에 있을 때는 커피를 걱정해본 적이 없다. 아침마다 마사씨가 커피포트에 한가득 내려놓기 때문이다. 저녁에는 마유미짱이 판매하는 '원 코인 세트'가 있어서 500엔 동전 하나로 커피 한잔과 케이크 한 조각을 맛볼 수 있다. 운이 좋으면 마유미짱이 시험삼아 만들어봤거나 만들다 실패한 케이크를 더 먹을 수도 있다. 커피 친화적인 공간이다. 커피 맛을 잘 안다고 할 수는 없지만 커피를 좋아하는 나에게는 아주 바

***　　　낙농업이 발달된 홋카이도에서 인기 있는 기념품 간식들이다.
　　　　버터샌드는 부드러운 비스킷 사이에 버터크림이 들어가 있는 과
　　　　자고, 시로이코이비토는 초콜릿과 버터가 혼합된 크림이 들어간
　　　　'쿠크다스' 느낌의 과자다.

***　　　일본 전역에 존재하는 국도 휴게소다. 1993년부터 지어져
　　　　2020년 기준 일본 전역에 1,000곳이 넘게 있다. 식당이나 직판
　　　　장, 휴식 공간이 있고 관광정보센터 역할도 한다.

람직한 환경이 아닐 수 없다.

민타로 역시 마찬가지다. 아침이면 안주인 유미코씨가 살그머니 내려와 모두가 마실 수 있게 커피를 내리고는 다시 방으로 돌아간다. 덕분에 아침에 나와보면 늘 커피가 그곳에 있었다. 히데오씨가 해주는 점심을 먹고 나면 그 역시 자신만의 특별한 드립커피를 내려준다. 히데오씨는 커피를 아주 진하게 내리기 때문에 100g짜리 한 봉지를 거의 다 쓴다. 그럼 우유를 넣거나 물을 조금 타서 진하게 마시면 되는데, 그게 그렇게 행복할 수가 없다.

두 곳에서의 나의 아침 루틴은 일어나 씻고, 밥을 먹은 뒤 커피를 마시는 것이다. 하지만 창밖으로 눈 내리는 풍경이 보인다 싶으면, 씻지도 않고 부스스한 모습으로 밖을 바라보며 커피를 마신다. 커피 향과 겨울 풍경의 궁합은 더할 나위 없이 좋다.

커피를 잘 알지 못하기에 무어라 설명하기 어렵지만, 여행지에서 사온 원두로 내린 커피는 특별할 수밖에 없다. 나는 풍경이 좋은 카페나 분위기가 독특한 카페를 좋아해서 주로 그런 곳에서 커피를 마시는데, 그 동네의 정취를 느끼며 마시는 커피는 마시는 행위 자체로 여행이 되기도 한다. 순간을 여행으로 만들어내는 마법 같은 카페에서 볶은 원두는 어디서든 마시기만 하면 그곳의 느낌을 그대로 견인해주는 마술사 역할을 한다. 글라인더에 커피를 가는 순간부터 그곳 풍경이 내가 있는 곳과 포개진다. 오타루의 후미진 골목길이, 미치노에키가, 기차를 기다리면서 봤던 플랫폼 바깥 태평양의 풍경이 일순 눈앞에 펼쳐진다.

그렇게 커피 향기에 취해 또다시 항공권을 검색하곤 한다. 새로운 곳을 가고 싶다가도 언제나 그리운 곳을 택하는 이유다.

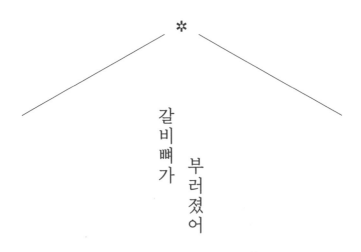

갈비뼈가 부러졌어

2019년 가을, 야마가타에 가게 되었을 때 하필 내가 도착하고 며칠 후 에리짱은 도쿄로 출장 아르바이트를 가게 되었다. 그런데 돌아오는 길에 선물을 사오겠다던 그녀가 갈비뼈가 부러져 돌아왔다. 휴일에 어딘가 놀러가다가 힘껏 넘어졌는데 갈비뼈가 똑 부러졌다는 것이다. 그때 했던 말이 아직도 기억에 남는다.

"'롯코쓰肋骨' 부러졌어."

늑골, 즉 갈비뼈가 부러졌다는 소리인데, 그녀 덕분에 배운 일본어다. 이런 일본어를 배울 필요가 있을까 싶지만, 가는 곳마다 그녀가 그 말을 하는 통에 자연스럽게 기억할 수밖에 없었다. 역시 언어는 반복이다.

같이 에리짱의 지인을 만날 때, 식당이나 술집에 들어갔을 때 가게의 직원과, 혹은 옆자리 손님과 얘기를 하게 되면 "한국에서 친구가 왔는데, 하필 갈비뼈가 부러져서 마음껏 놀아주지 못하고 있어요"라며 묻지도 않은 설명을 덧붙인다(그녀가 어떤 캐릭터인지 설명이 됐을까). 그녀의 '롯코쓰' 안부가 여전히 궁금할 정도로, 귀에 딱지가 생길 만큼 그 말을 반복해서 들었다. 아직까지 생각나는 거 보면 나의 언어 공부를 위해 그녀의 갈비뼈가 부러졌나 싶을 정도로 인상 깊게 남아 있다.

'롯코쓰'와 비슷하게 내가 그녀에게 자주 해주었고, 그녀 또한 자신에게 늘 하던 말이 있다. "조시니 노루나調子に乗るな"다. 어떤 일이 잘되고 있다고 해서 분위기에 휩쓸려 방심하지 말라는 뜻이다. '우쭐대지 마' '건방떨지 마' 정도일까? 에리짱이 외향적이다 못해 쉽게 흥분할 때마다 하는 말인데, 그녀 역시 스스로를 너무나 잘 알고 있기에 내가 하는 말을 기분 나빠하지 않는다. 되레 웃으며 되받아친다.

"에리짱, 우쭐대지 마!"

"아, 맞아. 나는 쉽게 우쭐대는 타입이라 그러면 안 되겠어."

이렇게 쉽게 본인의 상태를 인정하고 일단 조심한다. 그게 아주 잠깐이고, 순간이지만. 어찌 되었든 그녀의 갈비뼈가 부러진 덕분에, 분위기에 잘 휩쓸리고 우쭐대는 에리짱 덕분에 나는 항상 내 예상보다 더 많은 일본인들과 대화를 나눌 수 있었다.

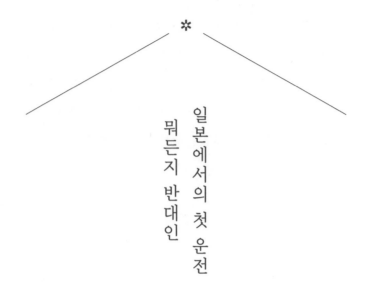

일본에서의 첫 운전

뭐든지 반대인

일본에서의 첫 운전을 했다. 온전히 히데오씨 덕분이었다. 그가 없었다면 난 뚜벅이에 머물러 있었을지도 모르겠다. 그 전에도 국제운전면허증을 발급받아서 간 적이 두세 번 있었다. 하지만 막상 혼자 가서 렌트를 하려니 엄두가 안 났다. 그리고 항상 천사 같은 사람들이 도움의 손길을 뻗어주었기에 다른 차를 얻어 타고 원하는 곳까지 갈 수가 있었다.

"미니, 한국에선 운전하니? 그렇다면 할 수 있어. 다음에 장 보러 갈 때 같이 가보자."

에리짱의 부추김이 시작이었다. 민타로는 매일 저녁 야마자와ヤマザワ라는 야마가타 슈퍼마켓 체인점으로 장을 보러 가는데 이때 히데오씨는 자신의 파란색 자동차를 이용한다. '에이 설마' 하는 마음으로 그 차를 써도 될지 물어봤는데 히데오씨가 너무나 기꺼이 본인의 차를 내주었다. 생각해보라. 운전석도 주행 차선도 반대인 나라에서 운전 습관을 길러온 외국인에게 누가 본인의 차를 쉽게 내어주겠는가. 하지만 그는 그랬다. 히데오씨의 "그러렴いいょ"의 한계는 대체 어디까지인걸까, 문득 궁금해진다.

'예스맨' 덕분에 그날 저녁, 떨리는 마음으로 처음 일본에서 운전대를 잡았다. 기본적인 매뉴얼을 숙지하고 액셀을 밟는 순간, 일본에서의 첫 운전이 시작되었다. 시작할 때까지가 힘들지 시작한 이상 포기가 없는 나는 천천히 천천히 옆에 앉은 히데오씨의 지시에 따라 마트로 향했다. 하지만 처음부터 난관이었다. 방향지시등과 와이퍼 버튼의 위치도 반대여서 지시등을 켜야 할 순간에 자꾸 와이퍼를 켰다. 에리짱이 뒷자리에 앉아서 웃었다.

"미니짱, 비 안 오니까 와이퍼는 괜찮아."

응, 그래. 나도 그러고 싶어…. 지시등을 켜야 하는 타이밍

마다 와이퍼를 켜는 대환장 파티 속에서도 무사히 마트에 도착했고, 장을 본 후 돌아가는 길에도 내가 운전대를 잡았다. 그렇게 또다시 무척이나 천천히 우리는 숙소에 돌아왔다.

몇 번의 반복 연수를 거친 후에 운전이 제법 자연스러워지자 히데오씨는 나 혼자 차를 가지고 나가는 걸 허락해주었다. 차를 끌고 나선 첫 외출은 15분 정도 거리에 위치한 에리짱의 집에 그녀를 데려다주는 것이었다. 에리짱의 안내에 따라 눈이 소복이 쌓인 거리를 달려 그녀를 큰 길에 내려주고 혼자서 숙소로 돌아오는 길. 야마가타성터山形城跡 인근의 인카조공원 霞城公園을 지나다 갓길에 차를 세웠다.

친구를 차로 데려다주고 오다가 눈이 쌓인 공원에 서 있으려니 야마가타 사람이 된 것 같은 착각에 빠졌다. 눈이 오는 공원이 너무 낭만적이어서 이대로 돌아가고 싶지 않았다. 이 훌륭한 기분이라니. 얇은 옷 때문에 서둘러 숙소로 돌아오긴 했지만 그 찰나의 순간, 운전의 낭만을 알아버렸다. 기차여행의 낭만도 있지만, 사람의 흔적이 닿지 않는 곳에서 온전히 나에게만 집중할 수 있는 낭만이 있다는 것을 깨달은 것이다.

운전을 배운 기념으로 에리짱과 나는 당일치기 여행을 계획했다. 아무리 운전을 배웠다고 하더라도, 나 혼자 덩그러니 운전하기엔 겁이 났다. 그래서 에리짱을 옆에 앉힌 다음 대중교통으론 가기 힘든 지역을 가기로 했다. 목적지는 바닷가에 위치한 사카타酒田라는 지역이었다. 에리짱의 추천으로 아주 세련된 프랑스 요리를 먹고, 드라마 〈오센〉과 영화 〈굿바이〉의 촬영 장소를 가는 것이 일정의 전부였다.

 떠나는 날은 하필 무척이나 추웠고, 비가 오거나 눈이 왔으며 바람이 엄청나게 많이 불었다. 아침 일찍 야마가타역 인근의 렌터카에서 친절한 점원을 만나 무사히 렌트를 하고 에리짱을 데리러갔다. 에리짱이 참으로 고마운 것이, 그런 악천후면 보통 집 앞까지 와달라고 할 수도 있는데 근처 주차장으로 오라고 했다. 좁은 골목길 운전이 어려운 나를 배려해 주차하기 쉬운 장소로 나와준 것이다. 면허도 없으면서 운전에 대한 지식과 센스를 가지고 있는 에리짱과 함께 악천후를 만난 것이 정말 행운이었다. 한국에서 처음 운전면허를 딸 때 주행 연습 마지막날 비가 오니 강사가 그랬다. 차라리 지금 연습하는 게 낫다고, 시험날 비가 오면 당황해서 제대로 못하는 사람들이 엄청 많다고 말이다. 어차피 한 번쯤 겪어야 하는 일이라면

믿는 구석이 있을 때 겪어보는 게 낫지 않은가.

그해 가을과 겨울 사이 야마가타에서의 첫 운전을 시작으로, 그다음 해 여름 야마가타, 같은 해 여름 홋카이도, 또 그다음 해 겨울 홋카이도, 같은 해 일본 중부지역, 또또 그다음 해 겨울 홋카이도까지 총 여섯 번의 렌트 여행을 다녔다. 기차와 버스로 한정적이던 여행 동선이 좀더 자유로워지고, 좀더 넓어졌다. 이전의 여행이 교통편을 고려한 여행이었다면, 이제는 그냥 취향에 따른 여행을 할 수가 있게 된 것이다.

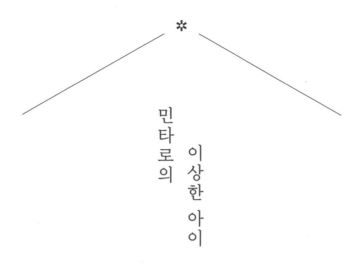

민
타
로
의　이
　　상
　　한
　　아
　　이

이쿠라짱. 그의 본명은 사실 기억이 잘 나지 않는다. 그저 이쿠라짱이라 불린다. 에리짱과 히데오씨에게 수없이 들었던 이름, 환상 속 인물 같은 그를 처음 마주한 것은 두번째로 민타로에 방문했을 때다. 사쿠란보를 따겠다고 야마가타로 떠났던 6월의 어느 날이었다.

헤실헤실한 표정으로 "오카에리*おかえり*, 미니"라고 인사하던 이쿠라짱은 민타로의 단골손님이자 단골 헬퍼였다. 이미 SNS로는 익숙한 얼굴이었지만 처음 보는 그는 나에게 잘 다

녀왔냐고 인사했다. 마치 아침에 나갔던 친구가 저녁에 돌아왔다는 듯이.

　이쿠라짱이라는 별명은 그가 홋카이도에서 아르바이트를 했을 때 '이쿠라(연어알)'를 처리하는 일을 맡았었다는 얘기를 듣고, 누군가 "자아, 그럼 이제부터 이쿠라짱이네"라고 한 것에서 시작되었다고 한다. 모두가 그를 이쿠라짱이라 부르다 보니 그의 이름을 정확히 아는 사람은 드물다. 한번은 그가 모리노키에 손님으로서 숙박을 예약한 적이 있는데, 마사씨가 예약자 명단을 보고는 "이쿠라짱 본명이 '마쓰오카' 맞니?"라는 질문을 한 적이 있었다.

　"아마 맞을 거예요. 그거랑 비슷한 이름이었어요."

　맞다, 본명은 가즈키 마쓰오카다. 그의 이름은 가끔 기억에서 지워지지만 '이쿠라짱'은 절대 지워지지 않는다. 헐렁한 티셔츠에 헐렁한 바지를 입고 맨발에 조리를 신은 더벅머리 청년, 이쿠라짱은 히데오씨와 밤거리를 걸으러 나갈 때에도 그 차림으로 나서는데 놀랍게도 조리를 신은 채 히데오씨와 비슷한 속도로 걷는다.

이 이상한 아이는 민타로에서 만난 여자친구랑 일본알프스^{＊＊＊}를 걷더니 결혼을 하고, 신혼여행으로 자전거 세계여행을 떠났다. 동남아시아를 지나 유럽으로 넘어가려던 그는 안타깝게도 팬데믹에 가로막혀 도중에 귀국해야만 했다. 이루지 못한 꿈이 눈에 아른거려 아무것도 손에 잡히지 않는다고 하더니, 히데오씨와 100km 걷기 대회에 출전하고는 어느 날인가 갑자기 아내와 함께 야쿠시마屋久島로 갔다. 그는 그렇게 전국을, 전 세계를 떠돌며, 때로는 배를 타고 자전거를 타고, 그러다 도중에 멈춰 과일을 따는 등 느긋한 일상을 즐기며 살고 있다.

아, 정착하지 않아도 되는구나. 혼자여야만 자유를 누릴 수 있는 건 아니구나.

결혼하면 그런 자유로운 여행은 힘들 거라고 생각했는데 저런 삶도 있구나 싶었다.

이쿠라쨩과 나는 일주일이라는 짧은 시간 민타로에서 스쳤

＊＊＊　　일본 혼슈 지역 중앙부에 자리한 히다飛驒, 기소木曾, 아카이시赤石 산맥을 부르는 별칭이다.

을 뿐이다. 나는 원래의 목적이기도 했던 사쿠란보 수확을 하러 가야 했고, 그사이 그는 홋카이도 소운쿄 온천마을에서 친구가 운영하는 유스호스텔 일을 도우러 간다고 했다.

효고兵庫 출신인 이 자유로운 친구는 나에게 사투리를 쉴 틈 없이 쏟아내곤 한다. 알아듣긴 힘들었지만 그냥 그런 아이려니 했는데, 이쿠라짱을 만나러 히데오씨와 소운쿄에 갔을 때 그곳에 있는 대만 헬퍼에게는 그가 아주 친절한 표준 일본어로 얘기하는 것이 아닌가!

"이쿠라짱, 너 표준말 할 줄 아네. 그런데 왜 나한테는 사투리를 쓰는 거야?"

"미니, 너는 알아듣잖아. 저 친구는 일본어 잘 못하니까."

뭐 알아듣긴 하지만… 그 편이 더 재미있지만… 가끔 느끼는 건데, 민타로 사람들은 나를 외국인으로 대하지 않는 게 분명하다.

민타로 안에서는 나이가 중요하지 않다. 이쿠라짱은 스무 살이든 예순이든 모두를 똑같이 대한다. 그렇다고 버릇이 없는 건 아니다. 언니 오빠도, 동생도, 형 누나도 모두 친구가 된다. 일본이 전체적으로 그런 분위기이기도 하지만 민타로에서는 유독 더하다. 특히 히데오씨는 나를 친한 친구처럼 대해주는데, 이쿠라짱이 나를 대할 때에도 그런 느낌을 받았다.

아쿠라짱은 천방지축, 동에 번쩍 서에 번쩍하지만 어딘가 결국은 부러운 친구다. 유들유들한 성격에 거칠 것이 없고, 여행을 좋아하고, 사람을 좋아하고, 사진 찍는 걸 좋아한다. 아마 지금도 다음 행선지를 고민하고 어딘가로 떠날 준비를 하고 있을 것이다. 어디에 가든 누구를 만나든 그의 여행을 응원한다.

다녀오세요, 다녀오겠습니다

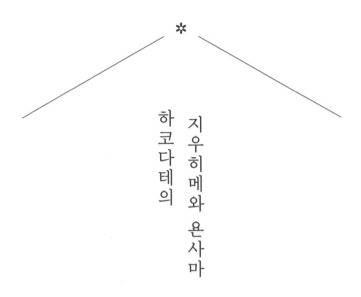

　혼자일 때 가기에 야타이무라만한 곳이 없다. 술을 잘 못하는 내가 맥주 한잔에 안주 하나만 시켜 먹고 나와도 아무도 뭐라 할 사람이 없다. 그래서 혼자면 지역마다 그런 가게가 없는지 두리번거리는 편이다. 오타루에선 렌가요코초였고, 하코다테에는 다이몬요코초大門橫町라는 거리가 있었다. 어느 가게에 들어갈까 서성이고 있는데 한 가게 앞에 한복을 입고 서 있는 아주머니와 눈이 마주쳤다.

　"어? 안녕하세요."

작게 인사하니 대구 사투리로 대답이 들려왔다. 한국음식점이었다. 지짐이, 삼겹살, 진로 같은 한국식 음식과 술을 파는 가게였다. 설 전날이었으니 마음이 동했다. 일본에서 한 번도 한식을 그리워한 적이 없었는데, 그믐날이었으니 '오늘은 한식이다!' 싶어 들어갔다(그런데 정작 음식은 일본인 남편분이 만들고 계셨다). 가게 안에는 아저씨 한 분이 각이 진 병에 담긴 진로 소주를 드시고 계셨다. 내가 한국에서 왔다고 하니 대뜸 "오! 지우히메네!" 하는 유쾌한 사람이었다. 그러고는 한국 어디서 왔는지, 왜 왔는지 한참을 얘기 나누다 갑자기 옆에 가서 라면을 먹고 오겠다며 드시던 소주를 킵(!)해놓고 나가셨다. 특이하고 쿨한 분이라고 생각하며 조용히 술잔을 기울였다. 그분은 한참 만에 돌아왔는데 어떤 젊은 남자와 함께였다.

"오, 지우히메! 내가 욘사마를 데려왔어."

그러더니 그 남자를 내 옆에 앉혔다. 알고 보니 그도 혼자 온 한국 여행객이었다. 일본어를 거의 못하는 이 사람은 옆 가게에서 라면을 먹고 있는데, 웬 일본 아저씨가 라면을 다 먹더니 따라오라고 손짓해서 따라왔다는 거다. 영문도 모르고 나와 합석하게 된 이 사람은 왜 이 명절에 혼자 여행을 왔을까. 자세한 내막을 물어보지 않았으니 알 수 없었지만 뭔가에서 벗어나고 싶었던 게 아닐까 싶었다.

그는 오타루와 삿포로를 거쳐 하코다테에 왔다고 했다. 내가 오타루에서 두 달 넘게 머물다 이곳으로 왔다 하니 오타루 비루에 대한 이야기를 꺼냈다. 지역 특산 맥주***가 마셔보고 싶어 그곳에 가려 했으나 막상 가게 앞에 가보니 생각보다 큰 가게라 뭔가 혼자 들어가기가 쉽지 않았다는 거다.

나는 다음날 일정에 유사한 술집인 하코다테 비루가 있었기에, 하코다테 맥주에 관심 있으면 내일 같이 가겠냐고 선뜻 권했다. 원래 이런 성격 아닌데 큰 가게라 혼자서 못 들어갔다는, 나만큼이나 소극적인 이 남자가 안쓰러웠나보다. 내 말에 그는 너무 좋다며 다음날 만날 시간과 장소를 정하자 했다. 원래 하코다테산函館山에서 야경을 보고 가게에 갈 생각이었기에 거기까지 올라가는 케이블카인 로프웨이 위에서 만나기로 제안했다.

다음날 시영전철 일일권을 끊어 하루종일 돌아다니다가 해질 무렵 하코다테산으로 향했다. 그곳엔 어마어마한 인파가

***　　　'지비루地ビール'라고 부른다.

171

나를 기다리고 있었다. 이곳 설 연휴가 중국 명절과도 겹쳐서 수많은 중국인 관광객들이 이곳에 몰려온 거였다. 이 사람들 사이를 비집고 꼭 이곳에 올라가야 하는가 싶었지만, 이곳이 삿포로에서 거리가 꽤 먼 탓에 언제 다시 올까 싶어 무리해서라도 올라가기로 했다. 게다가 일본 3대 야경을 볼 수 있는 곳이라 하지 않는가. 그렇게 꾸역꾸역 로프웨이 위까지 올라갔으나 수많은 인파에 야경을 내려다볼 수조차 없었다. 하지만 한국인인 나에게는 다행히 셀카봉이 있었다. 봉을 길게 늘이고 휴대폰을 끼워 사람들 머리 위로 쑥 내밀었다.

찰칵찰칵 힘들게 하코다테 야경을 손에 넣었을 때 즈음, 그에게서 연락이 왔다. 사람 얼굴을 잘 기억하지 못하는 내가 과연 이 많은 사람들 속에서 그를 찾을 수 있을까 걱정스러웠다. 하지만 역시나 한국인. 우리는 카톡을 주고받으며 위치를 파악해 겨우 만날 수 있었다. 조금 시간이 지나니 사람들이 빠졌는지 약간이나마 시야에 여유가 생겼다. 그와 함께 새해 첫날 하코다테 야경을 내려다보고는 어색하게 하코다테산을 내려왔다. 우린 또다시 시영전철을 타고 하코다테 비루로 향했다.

혼자 온 여행에 낯선 이성과 마주 앉았다는 것만으로도 조금은 설렜던 것도 같다. 우리는 띄엄띄엄 이야기를 이어나갔다. 그가 같이 와줘서 고맙다며 술값을 계산해주었으니, 한국에 돌아가면 밥을 한끼 사겠다고 할까? 조금 망설였지만 여행의 설렘은 여행에서 끝내기로 했다.

잘 끊을 줄도 알아야 해, 미니.
잘 가, 안녕. 사요나라, 욘사마.

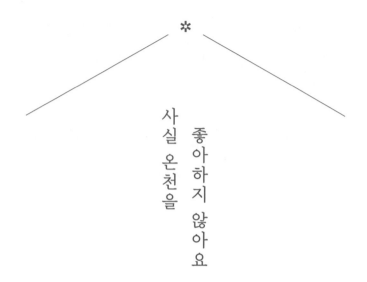

사실 온천을 좋아하지 않아요

한국에서 목욕탕 가는 것을 좋아하지 않는다. 내 몸을 보이는 것을 그다지 좋아하지 않는데다가 목욕탕에선 뒷물하는 모습까지 오픈되어 있지 않은가! 씻는 일을 남들도 다 볼 수 있는 곳에서 한다는 것 자체를 좋아하지 않는다. 그렇다만… 그런데도 일본에 가면 온천에 가고 싶다. 물론 처음부터 그랬던 것은 아니다. 역시나 그렇듯 혼자 온천에 가는 데 많은 망설임이 있었다. 그래도 언제 그런 경험을 해볼까 싶어, 오타루에 있을 때 무료 셔틀을 운영하는 유명한 온천에 간 적이 있었다. 그게 첫 온천이었다.

내탕에서 씻고 노천탕으로 이동하니 동네 할머니가 한 분계셨다. 그땐 일본어도 더듬더듬 할 때고, 특히 어르신들의 말투는 더 알아듣기 힘들어할 때라 대충 웃으며 고개를 끄덕이는 게 전부였다. 무슨 얘기를 했는지도 기억에 없다. 다만 그 분위기에 젖어 오랫동안 탕 안에 있으려 했고, 나오면서 살짝 비틀거렸던 기억, 그리고 너무나 배가 고팠던 기억만 남아 있다. 아, 물에 오래 있으면 이렇게 배가 고프구나. 혼미한 정신을 부여잡고 매점으로 나와 오타루의 명물 안가케餡掛け야키소바*** 를 먹었다. 그리고 입가심으로 소프트아이스크림을 먹은 뒤 마지막 셔틀버스를 타는 것으로 내 첫 온천 경험은 마무리되었다.

본격적으로 온천을 좋아하기 시작한 것은 야마가타에서다. 야마가타에는 긴잔온천銀山溫泉이나 자오온천蔵王溫泉 등 유명한 온천도 많지만 동네 곳곳에 온천이 많기로 유명하다. 야마

***　　　갈분으로 만든 중국식 양념장을 얹은 볶음면이다. 언뜻 홋카이도와 어울리지 않아 보이지만, 쇼와시대 때 개업한 중국요릿집에서 판매한 이후 지역 특산물이 된 케이스다.

가타는 일본 내에서도 화산 활동이 집중되어 있는 장소여서 다양한 지질을 가진 온천이 많다고 한다. 그 개수만 130개가 넘는데, 특히 시읍면 대부분에 온천이 솟고 있어서 어디서든 온천을 즐길 수 있다니 가히 온천 왕국이라 할 수 있다. 그래서일까, 사람들도 마치 온천 없이는 살아갈 수 없을 것처럼 온천에 기대어 산다. 초중학생들도 학교에서 집에 가는 길에 혼자 온천을 하고 가는 지경이니 '아… 나도 해야 하나?' 싶은 마음이 들어 안 갈 수 없는 환경에 놓인다. 물론 하고 나면 몸이 확 바뀌는 기분이 든다. 이 좋은 것을 나는 왜 이 나이에 알게 된 것인가.

이번에도 역시 에리짱을 따라 자오온천의 작은 온천장으로 향했다. 눈이 오는 날이었는데, 야마가타에 처음 도착했을 때가 가을이라 미처 눈길을 걸어 다닐 신발이 준비되어 있지 않았다. 겨울 신발을 살까 고민하고 있자 에리짱이 자기 '달링'의 신발을 빌려주겠다고 했다. 그 신발 신고 가면 죽을 수도 있다며 살벌한 농담도 함께였다. 좀 크긴 했지만 남편분의 소렐부츠는 종아리까지 내 다리를 보호해주었다. 덕분에 높이 쌓인 눈 속을 '에헤헤' 웃으며 뛰어다니기도 했다.

에리짱과 함께 간 작은 온천에는 아무도 없어서 마음 편하게 씻을 수 있었다. 노천탕에 들어가니 눈까지 보송하게 내리는 것이, 정말이지 내가 꿈꾸던 온천이고 천국이었다.

그다음 해 여름, 자오온천의 대노천탕大露天風呂에도 가보았다. 민타로에서 만난 단골손님이자 헬퍼 동료였던 밋키씨가 데려다준 것이다. 그는 60대 아저씨지만 편하게 대해주는 그 태도 덕분에 나도 농담을 주고받으며 친구처럼 지내는 편이다. 그런 그가 아무 설명 없이 데려간 곳이었는데, 사실 좀 당황스러웠다. '아라이바洗い場'라고 하는 몸 씻는 장소도 없이 그냥 다짜고짜 노천탕만 있는 곳이었기 때문이다. 들어가고 나갈 때 당연히 목욕제품을 사용할 수도 없었다.

하지만 그곳에서의 풍경은 모든 것을 감당하게 해준다. 계곡물이 바로 온천탕으로 흘러들어오는데, 그 계곡에 잠시 발을 담갔다 그 뜨거움에 깜짝 놀랄 정도였다. 온천수를 원천 그대로 사용하며 흘려보내는 방식과 계곡의 아름다움이 정말 매력적인 온천이었다. 눈이 오면 얼마나 아름다울지 상상만으로도 숨이 막히는 풍광이다.

다만 자오온천 지역의 온천들은 유황온천이라서, 입욕 후 몸에 남는 달걀 삶는 냄새는 감수해야 한다. 에리짱도 버스나 전철에서 달걀 삶는 냄새가 나면 속으로 생각한단다.

'아, 저 녀석. 자오에 다녀왔구나.'

바다의 날에는 바닷가로 캠핑을 가는 민타로의 전통에 따라, 여러 손님들과 해수욕장으로 캠핑을 간 어느 날이었다. 낮에 신나게 물놀이를 하고 다 함께 걸어서 근처 샤워장으로 씻으러 갔다. 100엔짜리 동전을 넣고 씻을 수 있는 곳이 있었는데 금방 끊겨버리는 온수에 당황했다. 급한 대로 동전을 계속 넣었지만, 이렇게 계속 100엔을 넣을 거면 웬만한 온천에 가는 것이 더 저렴할 것 같은 느낌이 들었다. 소금기만 대충 지워내고 저녁을 먹은 후에 캠핑장으로 돌아가는 길은 자연스럽게 그날의 나이트 워크가 되었다.

걸으면서 주변을 살펴보니 논 한가운데 자리한 온천도 있었다. 노천탕에서 일어서면 밖에서 보이지 않을까 걱정될 정도의 야생 온천이었다. 이런 온천들이 마을 곳곳에 있고 지나다니는 사람들 또한 적으니, 사람 많은 것을 극도로 싫어하는 나조차도 이 지역에서는 온천 가는 것에 거부감이 없어졌다. 역시 경험을 반복하다보면 자연스러워지는 걸까? 처음 보는 사람과 함께 온천을 가는 것도 그전처럼 부끄럽지 않았다.

참고로 온천을 끝내면 병에 담긴 차가운 우유를 마셔줘야 한다. 주로 로비의 자판기나 매점에서 판매하는데, 없으면 모를까 있다면 반드시 마셔야 한다! 밋키씨가 알려준 우유 마시는 방법이 있다. 왼손을 허리춤에 올리고 오른손으로 병을 잡고 동쪽을 향해 서서 단번에 마시는 거다. 왜인지는 까먹었는데, 행운이 따른다 했던가….

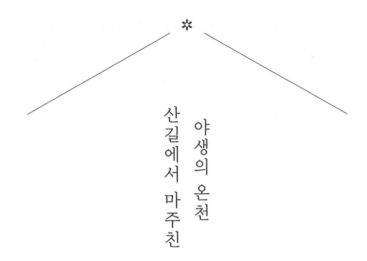

야생의 온천

산길에서 마주친

홋카이도 렌터카 여행을 하게 된다면 가고 싶은 곳이 하나 있었다. 바로 비에이美瑛 근처 가미후라노上富良野의 노천온천이다. 2014년에 삿포로에서 출발하는 비에이 당일치기 투어를 다녀왔는데, 그때 갔던 노천탕을 잊을 수가 없었다.

다이세쓰산국립공원大雪山国立公園에 속한 도카치다케十勝岳에 오르면 온천을 만날 수 있다. 후키아게온천吹上露天の湯이다. 이곳은 편의시설이라곤 아무것도 없이 물웅덩이 두 개가 덩그러니 놓여 있는, 노천온천 중에서도 생 노천온천이다. 머릿속에 계획도 다 세워두었다. 아예 반바지와 민소매 티를 입고 가는 거다. 그 위에 샤워가운을 입고 패딩을 입는 거지. 온천에서 나와서는 베스타월을 두르고 그 위에 샤워가운을 입고, 패딩을 입은 후 다시 숙소로 돌아오거나 차 안에서 젖은 옷을 갈아입는 게 내 계획.

하지만 첫번째 렌터카 여행에선 이루어지지 않았다. 이때는 애초에 숙소에 딸린 온천 이외에 추가 온천은 일정에 없었다. 다만 그곳의 샤워 시설이 그다지 좋지 못했기에 조심스럽게 일행에게 후키아게온천을 얘기해보았다. 다들 고민하다 그러자 해주어 '산속의 노천온천'을 구경 갈 겸 도카치다케로 향했다.

올라가는 길목의 풍경은 마치 또다른 세상 같았다. 제설이 되어 있었음에도 '이런 오르막을 자동차로 오를 수 있을까?' '이따 내려올 때 괜찮을까?' 할 정도의 어마어마한 적설량이었다. 아래 양쪽으로 펼쳐진 풍경 역시 어마어마해 입을 다물기 힘들 지경이었다. 나는 거기서 족욕이라도 해보고 싶었건만, 막상 근처에 가보니 시설이 생각보다도 열악해 다들 부정적인 분위기였다. 아쉽지만 그보다 더 위쪽에 존재하는 온천장으로 가게 되었다.

구글 맵에서 노천온천을 찾다가 우연히 발견한 곳인 백은 장白銀莊은 이미 한국의 가이드북에 실려 알 만한 사람들에겐 유명한 곳이었다. 이곳은 숙박도 가능한 곳이다. 도미토리 형식이라 여럿이 간다면 좀 불편할 것 같기도 한데, 언젠가 혼자 간다면 여기서 2박 이상 하리라 다짐했다. 차가 없으면 오기 힘들까 했지만 가미후라노역으로 하루 네 번 셔틀버스가 다닌다고 하니 뚜벅이 여행자들이 다니기에도 접근성이 썩 괜찮다.

우리는 각자 온천을 즐기고 한 시간 후에 만나기로 약속한 뒤 서둘러 남탕과 여탕으로 나뉘어 들어갔다. 먼저 노천온천 상태부터 살폈는데, '우와~' 소리가 절로 나오는 풍경이 눈앞에 펼쳐졌다. 대충 몸을 씻고 노천온천으로 이동해 몸을 담갔다. 탕의 한쪽이 산자락과 맞닿아 있어 그 자체로 한 폭의 그림이니 행복이구나 싶었다. 이렇게 소박한 행복이 마음속에 뭉게뭉게 피어오를 즈음, 한국어로 대화하던 우리를 바라보던 할머니와 눈이 마주쳤다. 이쪽 자리가 좋다며 우리에게 자리를 내주기도 하셨다. 여기까지 어떻게 왔냐는 어르신께 눈 보러 왔다고 답했더니 어이없어하시며 다시 한번 '정말 눈 보러 왔냐'고 물으셨다. 아마 여기 사는 사람들에게는 징글징글한 것이 눈이리라. 어느새 일행들과 만나기로 약속한 시간이 다가오고 있었다. 준비하는 데 오래 걸리는 나는 나갈 채비를 하고자 발길을 돌리는데, 그때 갑자기 눈이 내리기 시작했다. 걸음을 멈추고 다시 뒤돌아서 섰다.

"아~ 언니, 눈 온다. 나가기 싫어."

"야야, 10분만 더 있다 나가자. 저쪽도 더 있을 거야."

결국 만나기로 한 시간을 살짝 모른 척하고, 눈 내리는 따뜻한 온수에 다시 몸을 담갔다. 그렇게 우리는 10분간 눈 오는 노천온천을 더 만끽했다. 집합 장소에 헐레벌떡 도착하니 아니나 다를까. 남탕의 일행들은 다 나와 있었다. 오래 기다렸나 미안하다고 하려는데, 괜찮다며 안 그래도 자기네 역시 그 얘기를 했다는 거다. '저쪽도 눈 와서 늦게 나올 거야'라고. 그래서 그들도 더 있다가 바로 전에 나왔다는 거다. 그래, 그들 마음이 우리 마음이고, 우리 마음이 그들 마음이었구나. 각자 따로따로 만나서 이렇게까지 취향이 맞기도 힘든데. 그래서 함께 여행을 다니나보다.

혼자 품고 있던 계획을 제대로 실행한 것은 그다음 해였다. 지난해 함께 여행한 네 명 가운데 두 남자가 아이슬란드로 훌쩍 떠나버린 것에 괜히 샘이 나서, 남은 한 명에게 우리끼리 또 홋카이도에 가자고 했다. 겨울에 떠나지 않고는 견디지 못하는 사람들인 양, 추운데 자꾸 더 추운 곳으로 떠나는 사람들. 어쨌거나 도카치다케에 1년 만에 다시 돌아왔다. 우리는 여정의 마지막 숙소를 지난해 당일 온천으로 즐겼던 백은장으로 정했다. 그곳에서 3박을 묵기로 했다.

백은장에서 맞이한 첫째날, 아침 일찍 일어나 간단한 옷과 샤워가운, 패딩을 입고 후키아게온천으로 향했다. 자동차를 몰고 온천의 주차장에 들어서는데 세상에, 홋카이도 여우가 눈 속을 뒤지고 있는 게 아닌가! 얼른 차를 세우고 외쳤다.

"언니, 언니, 저기, 저기, 여우, 여우(아무래도 마음이 급하면 두 번씩 말하는 습관이 있는 듯하다)."

신기하게 여우를 바라보고 사진을 찍느라 정신이 없었다. 그 와중에 여우는 한참 만에야 우리를 알아챘다. 그 역시 배가 고파 뭔가를 찾느라 정신이 없었나보다. 우리가 어쩌면 방해꾼이었는지도 모르겠다. 여우는 도망가지 않고 한참을 우리와 마주보았다. 그러다 귀찮아졌는지 눈더미 너머로 훌쩍 가버렸다. 지금까지 홋카이도를 여행하며 여우를 세 번쯤 봤지만 제대로 본 건 이때가 처음이었다. 그것도 눈 쌓인 설산에서, 이렇게 가까이 여우를 보다니. 그런 곳에서 온천을 할 예정이라니. 흔치 않은 경험이었다.

반가운 만남을 뒤로하고 좁은 눈길을 따라 내려가니 드디어 나무에 둘러싸인 온천이 보였다. 그곳엔 동네 어르신으로 추정되는 선객이 있었다. 동네 어르신들이 아침 일찍 와서 이 온천으로 내려오는 길을 치워놓는 듯했으니 우리는 아마도 이분 덕분에 무사히 좁은 눈길을 내려올 수 있었을 것이다. 고마움도 잠시, 온천에 손을 담가보았는데 잠깐도 참기 힘들 정도로 뜨거운 온도에 깜짝 놀랐다. 과연 들어갈 수 있을까 하는 의심마저 드는 상황이었다.

하지만 준비해온 것이 아까워 뜨거움을 참고 들어가기로 했다. 주변의 눈을 손으로 퍼서 몸에 바르기도 하고, 우리 주변 물속으로 눈을 섞어 온도 조절을 해가면서 탕 안으로 겨우 들어갔다. 그렇게 들어갔다 나왔다를 반복하자 어느새 온도가 뜨겁기는커녕 탕 안에서 나오고 싶지 않을 정도로 익숙해졌다.

"언니, 이제 슬슬 나가봐야 하지 않겠어요?"

온천을 시작한 지 어느덧 두 시간을 훌쩍 넘겼다.

"그르게, 나가야 하는데…. 아깐 들어갈 수나 있으려나 싶더니, 이제는 또 언제 오나 싶어 나가기가 싫어네."

　결국 이러다 어지럽겠다 싶을 즈음에야 젖은 옷만큼이나 무거운 발걸음을 털고 일어났다. 옷을 벗지 않은 채 물기를 대강 닦고, 타월과 샤워가운을 두르는데 젊은 친구들이 왔다. 일행 가운데 여자 한 명이 근처에 간이텐트를 쳤다. 인솔자 역할인 듯했다. 그녀가 만든 텐트 안으로 일행들이 차례차례 들어갔다. 그리고 얼마 안 있어, 그들은 우리에게 앙증맞은 엉덩이를 내보이며 온천 속으로 들어갔다. 옷을 갈아입으려고 텐트를 세운 줄 알았더니 옷을 다 벗으러 세운 것이었다. 시선을 어디에 둬야 할지 몰라 방황하는 눈동자를 서둘러 수습하고는 짐을 챙겨 주차장으로 향했다. 일본인들의 혼욕은 젊은 사람들에게까지도 익숙한 것인가. 얼마 전 점점 없어져가는 혼욕을 일본의 전통문화로 지켜야 한다는 기사를 보았는데(개인적으로 꼭 그래야 할까 싶었지만) 실제로 젊은 세대 가운데서도 그 문화를 지키려는 사람이 정말 많다고 한다. 그들도 아마 전통을 지키려는 거겠지, 그것도 온몸으로!

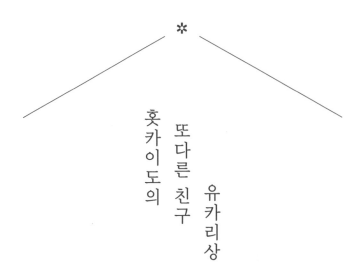

유카리씨는 SNS가 강제로 만들어준 인연이라고 할 수 있다. 어느 날 확인해본 친구 신청 목록에 모르는 이름이 있었다. 그때만 해도 SNS 초창기라 뭐가 뭔지 몰라 무조건 수락을 누르곤 했다. 그게 유카리씨였다.

유카리씨는 내 친구 김은미와 같은 식당에서 아르바이트하던 동료였는데, 어느 날인가 휴대폰을 들고 와서는 "은미짱, 은미짱 친구가 친구 신청을 했어"라고 말하더란다. 알고 보니 유카리씨가 신청한 게 아니었다. 친구 '신청'이 아니라 친구

'추천'이었던 것이다. 대충 슥 화면을 본 은미는 아마 내가 잘못 누른 것 같다며 신경쓰지 않아도 된다고 대답했단다. 나 역시 일본어를 알 턱이 없던 때니 그냥 모르는 채로 지나갔다.

이후 오타루에 자주 가게 되면서 오타루에서의 소식을 종종 SNS에 올렸고, 유카리씨가 거기에 댓글을 달기 시작하면서 관계가 시작되었다. 나는 누군가와 일정 단계 이상 친해지기 전까지 상대를 엄청 소극적으로 대하는 편이기 때문에 아마 유카리씨가 먼저 아는 척을 해주지 않았다면 계속 모르는 사람인 채로 지냈을 것이다. 하지만 그녀가 먼저 나의 오타루 생활에 관심 가져주고 응원 메세지를 남겨주어 자연스럽게 대화를 이어갈 수 있었다. 그러던 중 유카리씨가 언젠가 다시 홋카이도에 오면 한번 만났으면 좋겠다고 말했다. 그래서 다음 오타루 일정이 잡혔을 때 그녀에게 먼저 말을 걸었다. '저 오타루에 또 가게 되었어요'라고.

그 당시 유카리씨는 홋카이도의 다키노우에滝ノ上라는 지역에 살고 있다고 했다. 언젠가 홋카이도 관광팸플릿에서 '꽃잔디 공원'으로 본 지역이었다. 내가 알은체를 하자 거기가 맞다며 어떻게 아냐고 무척 반가워했다. 그녀는 남편의 직업 특성상 홋카이도 내에서 여기저기를 돌아다니며 생활하고 있었

다. 보통 2년마다 한 번씩 이동한다고 했는데, 그 얘기를 듣는 순간 그녀가 몹시도 부러웠다. 홋카이도를 돌아다니며 살 수 있다니, 홋카이도를 사랑하는 나로서는 무척 꿈같은 일이다.

내가 삿포로에 머무는 시기에 그녀도 마침 삿포로에 볼일이 있어 날짜를 잡아 만나기로 했다. SNS에서만 이야기 나누던 사람, 그것도 외국인을 실제로 만난다니 어찌나 심장이 두근두근하던지. 한편으로는 얼마나 어색할지도 걱정되었다. 나중에 보니 유카리씨도 만만찮은 내향인이었다. 이토록 내향적인 우리 둘이 어떻게 만날 결심을 했는지, 지금도 의문이다. 역시 다른 언어로 얘기하면 다른 영혼을 갖게 되는 것일까? 서로 낯가리는 두 여자가 만나니 민망하기 그지없었지만 이런 인연도 마냥 새롭게 느껴졌다.

유카리씨는 마른 체형에 외모만큼이나 나긋나긋한 말투를 가져 '참한 사람이구나'라는 인상을 주는 사람이었다. 더듬더듬 이야기를 주고받고 홀로 오타루로 돌아오는 길, 어디서 나온 용기로 내가 이 사람을 만나고자 했을까 싶었다. 먼저 손을 내미는 성격이 아니니 그녀가 먼저 말을 걸어주지 않았으면 만날 생각도 못했을 것이다. 그렇다고 내미는 손을 거절하는 성격도 아니니 그녀의 손길이 얼마나 고마운지 모르겠다. 이렇게 홋카이도 친구가 한 명 더 생겼다. 자주 연락하는 사이는 아니었지만, 이 인연은 3년 후 다시 오비히로에서 이어졌다.

야마가타에서 민타로 스태프로 있는 동안 짧게 방학을 얻어 홋카이도 여행을 준비했다. 시간적 여유가 있는데다 이제는 히데오씨에게 운전도 배웠으니 한번 멀리 가보고 싶었다. 렌터카를 몰고 동쪽으로 가고 싶었고, 그쪽 어딘가에 유카리씨가 있지 않을까 하는 마음에 연락을 넣어보았다. 역시나, 오비히로에 있다고 했다. 가는 곳이 아니더라도 비슷한 동선에 있다면 만나볼 생각이었는데, 비슷하다 못해 완전히 겹치는 지역이었다. 게다가 그곳은 디저트로 유명한 홋카이도에서도 아아주 유명한! 디저트 브랜드가 탄생한 지역이기 때문에 꼭 가보고 싶었다.

오비히로는 소맥과 감자의 주요 생산지고, 낙동과 축산이 활발한 곳이라 디저트에 필요한 재료들의 주생산지인 셈이다. 그 결과 홋카이도 3대 디저트 브랜드가 탄생했다고 한다. '크랜베리クランベリー' '류게쓰柳月' '롯카테이'라는 상표가 그것이다. 그중에서 내가 가고 싶은 곳은 크랜베리였다. 다른 곳은

홋카이도 내에 지점도 여러 곳 있고, 백화점에도 입점되어 맛볼 수 있는 곳이 더러 있지만 크랜베리는 오비히로에만 있다. 물론 롯카테이도 본점이 궁금하고 오비히로에서만 파는 한정 디저트들이 있기에 가볼 가치가 충분히 있지만, 그래도 그중 한 군데를 가야 한다면 현지 가게를 가야 하지 않겠는가.

하지만 이번 여행에는 동행자가 있었고, 그가 단것을 싫어한다는 것이 마음에 걸렸다(이 동행자는 민타로에서 삿포로로 어르신들을 함께 찾아뵙기로 했던 LEE상이다). 조심스레 나의 동선을 밝히며 "오비히로에선 디저트랑 부타동豚丼(돼지고기덮밥)을 먹어야 한대요"라고 이야기하니, "그래?!"라고 긍정도 부정도 아닌 대답을 하는 듯싶더니 이내 고개를 끄덕거렸다. 참으로 안타깝게도 그는 단것뿐 아니라 돼지고기도 잘 먹지 않는다.

오비히로에는 꽤 큰 규모의 야타이무라인 기타노야타이北の屋台가 있어서, 유카리씨에게 이곳에서 만나는 게 어떤지 아니면 혹시 추천해줄 만한 가게가 있는지 물었더니 자기는 오히려 주로 집에서 마시기에 아는 가게가 없단다. 그러고는 야타이무라도 가본 적이 없으니 나와 함께 처음 가보는 것도 나

쓰지 않겠다고 말했다.

그런데 나중에 알아보니 야타이무라의 시초가 다름 아닌 오비히로였더라. 주민들이 오비히로의 번영을 위하여 만들었다고 한다. 이것이 자리를 잡고 입소문을 타면서 다른 지역에서도 비슷한 골목들이 생겨난 것이었다. 야타이무라를 좋아하는 나로서는 정말 의미 있는 곳을 다녀왔다.

기타노야타이 역시 다른 지역의 포장마차촌처럼 좁은 골목을 사이에 두고 양쪽으로 작은 가게들이 다양하게 늘어서 있었다. 이곳에서 LEE상과 유카리씨와 만났다. 3년 전보다는 덜 어색하게, 그리고 3년 전보다는 번역 앱을 덜 돌려가며 대화를 나누니 이 모든 것이 새삼스럽기도 했다. 자리를 일어날 즈음 둘이 서로 계산하겠다고 실랑이를 벌였다. 나는 가만히 그들의 승부를 지켜보았는데, "이 좋은 곳에 데려다주었으니 입장료는 내가 내겠어요"라고 말한 LEE상이 결국 승리를 거머쥐었다.

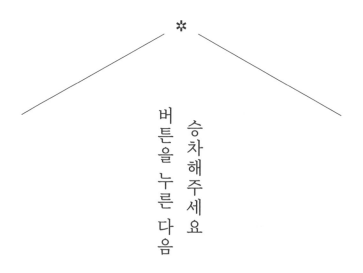

승차해주세요
버튼을 누른 다음

추운 지역을 다니다보면 특이한 것들을 몇 가지 보게 되는데, 야마가타 오바나자와尾花沢에 사는 유키씨의 집도 그랬다. 그녀의 집에는 유리로 된 덧문이 있었다. 눈이 많다보니 앞뒤로 여는 문만 있으면 안 열릴 수 있어 미닫이 덧문을 설치하는 거다(하지만 시내에는 덧문이 거의 없다). 눈이 많이 오는 지역에서 이런 구조를 흔히 볼 수 있다. 모리노키는 현관 자체가 미닫이라서 덧문이 없었지만, 대부분의 이웃집에는 여닫이문이 별도로 설치되어 있다. 그 유리문 안에는 보통 장화나 넉가래 등 제설도구들이 들어 있다. 제설작업이 최우선이라는 것이 여실히 보이는 풍경이다.

또 하나 특이했던 것이 열차 문이다. '버튼을 누른 후 승차해주세요.' 기차역 안에 이런 문구가 붙어 있는 것을 흔히 볼 수 있다. 무슨 소리냐면, 열차가 승강장에 들어선 후 탑승할 승객이 문에 붙어 있는 버튼을 누르면 그 문만 열리는 시스템이다. 특히 추운 시골에서 많이 볼 수 있는데, 승하차하는 사람이 없는데도 쓸데없이 문이 열려 한기가 들어오는 걸 방지하려는 거다. 열차 이용자가 많이 없는 시골에선 더할 나위 없이 유용한 방법이다. 타는 사람만 없다면 문에 바짝 붙어 창밖을 바라보기도 그만이다.

눈이 많이 오는 지역의 사람들이 가진 특이점은 바로 아침에 일어나면 무조건 집 앞 눈 청소를 한다는 거다. 동네 할머니 할아버지들, 엄마 아빠들이 나와 눈을 치운다. 그럼 아이들은 플라스틱으로 된 썰매를 가지고 나와서 그 옆에서 논다.

그리고 큰 눈이 오고 나면 반드시 지붕 청소를 한다. 지붕이 무너질 수 있고, 눈 덩어리가 행인을 덮치면 다칠 수 있기 때문이다. 모리노키에서는 보통 여행객이 적은 날이 있으면 본격 대청소날을 잡는다. 그러고는 바로 지척에 있는 마사씨 집 앞부터 모리노키까지 평소보다 좀더 대대적으로 눈을 치우는데, 이때 지붕도 같이 치운다. 마사씨가 사다리를 타고 올라가 눈을 떨어뜨리고 마유미짱과 내가 그 눈을 옆으로 치워낸다. 오전을 꼬박 보내야 이 눈과의 전쟁(놀이)을 끝낼 수 있다. 꽁꽁 언 손을 녹이며 숙소에 들어가면 이런 날은 마사씨가 고생했다며 한턱 쏜다. 숙소를 비울 수 없으면 배달을 시키고, 그렇지 않으면 다 같이 잠깐 외출을 한다. 이럴 때 마사씨가 데려가주는 가게들은 특별하지 않고 평범해서 참 좋다. 동네를 구성하는 작은 힘들이 이 소박한 가게들에서 샘솟는다고 해야 하나. 그런 곳 가운데 맘에 드는 곳은 다음에 혼자서 가기도 한다.

후라노富良野 지역을 여행하면서 들은 이야기인데, 지붕 청소는 꼭 2인 1조 이상으로 하기를 권고한단다. 지붕에서 떨어지는 사고가 종종 발생하는데, 의식이 있어도 몸을 움직이지 못하는 경우가 많으니 그대로 눈 속에 파묻혀 이듬해 봄에 발견되는(!) 경우가 있기 때문이란다. 제설작업이 이렇게나 위험한 일이다. 한국에서는 녹는 눈이 아까워 집 앞 제설작업을 귀찮아했는데, 이곳 사람들에겐 생사가 걸린 문제였다. 누군가 죽고 다칠 수 있으니 절대 가볍게 생각할 일이 아니다.

모리노키에 있을 때는 밤새 눈이 내린 날이면 마사씨가 솔선하여 눈 청소를 하는데, 그럴 때마다 눈을 좋아하는 나도 함께 따라나섰다. 대부분 마사씨가 청소하지만 옆에서 조금이라도 돕는 시늉을 보이는 거다. 그러다가 옆집 할머니와 눈이 마주치면 그저 여느 이웃처럼 평범한 인사를 건넨다. 이 순간이 좋아서 안 해도 되는 눈 청소나 낙엽 청소를 자처하곤 했다. 동네 사람이 된 것 같은 착각에 빠지는 순간. 청소중에 동네 사람과 마주치는 순간이야말로 나를 오타루 주민으로 만드는 마법 같은 시간이다.

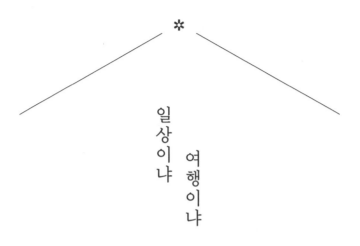

일상이냐 여행이냐

　머무는 여행을 좋아하다보니 일을 구할 때면 긴 여행을 할 수 있는 '기한제 근로'를 선호하는 편인데, 물론 일이 계속 있다는 보장이 없기 때문에 불안하긴 하다. 코로나가 한창이던 시기에는 질병과 관련된 일을 시작해 무척이나 바쁜 일상을 보냈다. 그 분야도 여느 직군처럼 일은 힘들고, 급여는 적다보니 사람 구하기가 어려워 내게 선뜻 1년 계약을 내걸었다. 사실 2023년 정도에는 일본에 갈 수 있지 않을까 싶어 2022년은 연말 마지막날까지 꽉 채워서 일할 생각이 있었다. 어차피 이

시기엔 여행을 가고 싶어도 갈 수 없는 시기였으니까 말이다.

그러던 2022년 4월, 느닷없이 해고 통보를 받았다. 그것도 카톡 단톡방에서, 보름 전에. 그냥 넘어갈 수 없어 관련 규정들을 찾아보고 노무사의 상담을 받았다. 그 결과 사업이 종료된 것이 아니고, 적어도 한 달 전에 통보하지 않았기에 부당해고라고 했다. 물론 메신저 통보 역시 인정되지 않는다는 판례가 있음을 알려주셨다.

더 얘기하자면 길지만 이런저런 이유로 전혀 다른 업무를 하며 한 달을 더 일하고, 그다음 12월까지 할 수 있는 일자리를 찾아봤다. 다행히 그동안 관심 있던 농업기술센터 일을 하게 되었다. 업무는 편했고, 출퇴근 시간도 칼같이 지켜졌다. 이전 업무는 최소 20분 더 일찍 출근해서 준비하고, 때때로 연장 근무도 감수하며 토요일도 출근해야 했다. 업무 강도가 낮아진 만큼 급여는 줄었지만, 근무 환경은 훨씬 나아졌다. 책을 써보자는 이야기도 이 시기에 나왔다. 사실 이전 업무였다면 엄두도 내기 힘든 일이었다. 화장실 갈 시간도 없이 일했으니까. 하지만 바뀐 업무상 바쁠 땐 바쁘고, 한가할 때 한가해서 조금씩 이야기를 정리할 수 있겠다 싶었다.

2022년의 일상을 열심히 보내야 2023년의 여행을 다녀올 수 있기에 마지막의 마지막까지 일상을 살려 노력했다. 그리고 2022년 10월경에 일본 여행 제한이 풀렸다. 바로 여행을 갈 수 있으면 좋았겠지만 아직 일하는 중이었고, 3차 백신을 안 맞은 상태였기에 나갈 수 없었다. 게다가 엄청나게 오른 항공료에 눈물을 머금고 비교적 비수기에 접어 들어가는 2월 말쯤 홋카이도에 가기로 했다.

모리노키에 가기로 했고, 민타로에 가기로 했다.

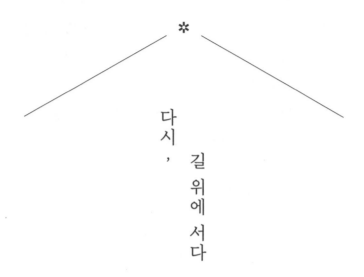

다시,
길 위에 서다

하늘길이 열렸다. 홋카이도에 가야 할 때다. 일도 있고, 마무리해야 할 일도 있으니 당장은 떠날 수 없어 22년 11월에 다음해 2월의 비행기표를 끊었다. 예약할 때만 해도 3월 말까지의 운항 스케줄이 오픈되어 있었기에 한 달 뒤에 돌아오는 표를 구매했다. 그런데 그 이후 운항 스케줄이 추가로 뜨니 사람 마음이 참, 일정을 늘리고 싶어졌다. 결정적인 이유는 1월 초에 찾아온 민타로 식구들의 소식 때문이었다.

원래 항공권을 구매할 무렵에는 홋카이도에서 센다이仙台

로 가는 비행기가 아직 열리지 않았기에, 레일패스를 이용해 잠깐 민타로에 다녀올 생각만 하고 있었다. 근데 히데오씨가 SNS에 글을 하나 올렸다. 바로 4월 중순에 열리는 시오야마치 100km 걷기 대회에 함께 참가할 사람들을 모집하는 글이었다. 그는 매해 '팀 민타로'란 이름으로 팀을 꾸려 이 대회에 참가하는데, 대회 당일에 가는 것이 아니라 그 전날 이동해 전야제부터 즐긴다. 전야제에는 대회 참가자들뿐만 아니라 응원하러 와주는 사람들도 있어서 행사 규모가 꽤 된다.

히데오씨가 걷기 대회에 참가하게 된 계기는 민타로의 한 단골손님 덕분이었다. 그분은 시오야마치 인근 우쓰노미야宇都宮에 사는데, 걷기를 좋아하는 히데오씨에게 자기네 지역에 이런 대회가 있으니 참가해보라고 제안했다고 한다. 전야제 또한 이분이 자신의 빈집을 공짜로 빌려주겠다고 꼬드긴 덕분이었다고. (그때까지만 해도 히데오씨는 걷기 중독까진 아니었는데, 그 대회 출전을 시작으로 걷기에 빠지게 되었다고 말했다.) 그 소소한 제안은 걷기 중독자의 광기(?)와 그 손님의 배려로 인해 지금껏 이어졌고, 이후 걷기 대회에 참가하는 팀 민타로 모두가 그곳에서 숙박을 제공받게 되었다.

히데오씨는 대회에 관심 가질 사람들을 위해 단체 채팅방을 개설해두는데, 나는 몇 년째 이 채팅방이나 SNS로 그들의 준비 과정과 흥겨운 전야제 분위기를 지켜보기만 했다. 그랬더니 한 끗 차이로 눈앞에서 놓치게 된 일정에 배가 아파 도저히 채팅방을 볼 수가 없었다. 그러다 대회가 임박한 어느 날, 히데오씨가 물었다.

"미니, 나갈래?"

일정이 올라왔을 때만 해도 '우와 좋겠다. 가고 싶다'라는 생각뿐이었는데, 이 한마디에 심각하게 일정 변경을 고려하기 시작했다. 생각해보면 나는 이런 펌프질에 참 약하다. 은미의 부추김에 홋카이도를 가고, 이어지는 부추김에 일본어를 배우고, 오타루에서 일하고, 에리짱의 부추김에 민타로에서 일하면서 지내게 되었으니.

지금의 최대 고민은 홋카이도 일정을 늘릴지, 그 김에 귀국을 아예 나리타成田에서 할지, 아니면 원래 일정대로 귀국했다가 걷기 대회만을 위해 다시 4월에 일본으로 갈지다. 어라, 안 간다는 선택지는 없네?

빵 냄새가 난다

떠올리면

오타루 동네를

일본 여행을 가면 그 동네 빵집이나 카페에 가는 것을 좋아한다. 체인점이 아닌 개인 카페나 찻집***을 가는 거다. 머무는 여행자의 특별함은 여기서도 나온다. 여행자인 듯 아닌 듯 느긋하게 카페에서 시간을 보낸다. 우선 카페에 들어가서 무심하게 뜨거운 커피를 주문한다. 그리고 책을 읽거나 엽서

***　카페와 구별되게 '킷사텐喫茶店'이라고 불리는 복고풍 분위기의 찻집이다. 음료와 함께 간단한 식사를 할 수 있다. 70-80년대 다방 같은데 실제로 그만큼 오래된 가게가 많다.

를 쓰거나 창밖으로 지나다니는 사람들을 구경한다. 3박 4일의 짧은 여행에서는 사치 같은 행동이지만 머무는 여행자에겐 이조차도 여행의 특별함으로 다가온다. 실상 집 근처 카페에 가는 것과 다르지 않을 것인데 뭐가 그리도 특별했는지….

사실 빵집을 다니기 시작한 것은 얼마 안 됐다. 몇 번인가 맛있는 빵집을 우연히 들르게 되면서 이제는 그 동네에 있는 평이 좋은 빵집이나 오래된 빵집을 찾아가곤 한다. 하지만 중요한 건 관광객으로 붐비는 빵집이나 카페는 제외하는 것이다. 맛보다 더 중요한 분위기란 게 있다. 팁이 있다면 게스트하우스 주인장의 귀띔과 단골 여행자들의 경험을 통한 조언을 구하는 것이다.

모리노키에선 40년 넘은 동네 빵집 가메주 팡亀+パン을 추천받았다. 무려 새벽 4시에 문을 열고 오후 4시에서 6시 사이에 문을 닫는 곳으로 빵 종류는 많지 않다. 야키소바빵이나 '사라다'빵, 나폴리탄빵 같은 일본의 옛날 빵이 많다. 작은 진열장에 그날 판매될 빵이 전부 들어 있다. 호기심에 샀다가 낯설어서 힘겹게 먹어야 했던 제품도 있지만 뭔가 정겨운 분위기가 나는 빵들이다. 쇼와시대 분위기가 물씬 나는 빵집이니

그 공간을 엿보는 것만으로도 특별하게 여겨졌다.

이곳을 소개하자니 생각나는 가게들이 더 있다. 우선 일본에서 마트 구경은 필수다. 보통 접근성 때문에 여행자들은 편의점을 많이 가는데, 마트에서는 좀더 저렴하게 다양한 상품을 만날 수 있다. 들여놓는 품목도 편의점과는 다르니 마트도 괜찮은 선택일 수 있다.

미나미오타루역 근처에는 현지인들이 많이 가는 마트 쿠프 COOP가 있다. 일반 공산품뿐 아니라 간단하게 전자레인지에 데워먹을 수 있는 간편 조리식이나 스시도 있다. 내부에 빵집도 있는데, 특이한 것이 같은 중량의 덩어리 식빵을 4조각 또는 7조각 등분으로 고를 수 있기에 두께를 다양하게 선택할 수 있다. 마트에서 파는 공산품 빵도 얇기를 선택할 수 있도록 잘려 나온다. 마트 건물 2층에서는 이렇게 식료품을 팔고, 1층에서는 작은 약국과 의류, 잡화류를 판매한다. 이곳에서 저렴한 장화를 사서 겨우내 잘 신었고, 플리스 잠옷도 잘 입다가 마음에 들어 한국에 가져왔다. 지금까지도 잘 입고 있다.

오타루의 가게 얘기를 시작한 김에 더 얘기하자면 역시 디저트가게를 빼먹을 수 없다.

작은 푸딩집 언 델리스ァンデリス는 지도 리뷰에 간혹 한국인 후기도 보이는 것이 그래도 제법 알려진 집인 것 같긴 한데, 아무래도 관광지와의 접근성이 떨어져 붐비지는 않는다. 수제 푸딩도 맛있지만 푸딩찹쌀떡이 맛있다.

떡 이야기를 하니 또 빠질 수 없는 것이 어머니의 가게를 자식이 이어 40년째 운영하는 떡집 쓰루야ツルヤ餅菓子舗다. 굴뚝이 우뚝 솟은 이 떡집은 앞서 말한 가메주 팡과 구조가 조금은 닮아 있다. 진열장 안에 떡이 있고, 그곳에서 떡을 고르면 일회용 용기에 담아준다. 가게는 전통가게 그 자체인데 일회용 용기를 보면 이것까지도 전통적인 모습인가 싶기도 하다. 이 떡집은 사실 홋카이도를 좋아하는 LEE상이 알려준 곳인데, 마사씨도 아는 가게였다. 아니 왜 이런 가게를 여직 안 알려주신 거지. 하지만 생각해보니 여행자인 나에게나 특별하지 마사씨에겐 별다를 것 없는 가게일지도 모르겠다. 어릴 때부터 동네에 있던 흔한 가게 중 하나겠지. 다만 아주 최근에 노모가 돌아가셨는지 문을 닫았다는 소식을 들은 것 같아 굉장히 아쉽다.

오타루에는 대도시 냄새가 짙은 삿포로와는 또다른 감성이 살아 숨 쉰다. 크고 반짝이는 거 말고, 작고 따뜻한 것들이 골목골목에 존재하는 것이 오타루의 매력이 아닌가 싶다.

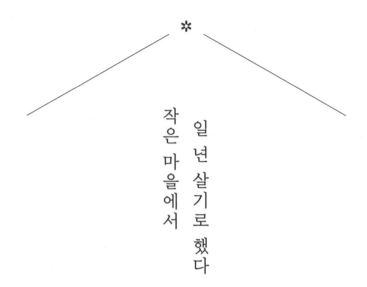

일
년
살
기
로
했
다

작
은
마
을
에
서

히가시카와라는 마을에 흥미를 갖게 된 건 순전히 우연이
었다.

다이세쓰산국립공원의 초입에 자리한 아사히카와旭川에서
홋카이도 최고봉인 아사히다케旭岳로 향하던 길에 커피가 마
시고 싶어 'COFFEE'라고 크게 쓰인 벽돌 건물에 들어섰다.
거기서 '인생 커피'를 마시게 되어 꼭 다시 와야지 싶었다. 다
녀오는 길에 이 동네의 미치노에키에도 가보니 여러 종류의
커피와 드립백을 판매하고 있었다. 그 작은 마을에 카페도 맛

집도 여럿 있었다. 다음에는 이 동네에 머물며 카페 투어를 해도 좋겠다고 생각한 것이 첫번째였다.

두번째로 흥미를 갖게 된 이유는 이 작은 마을 한가운데에 일본어학교가 있다는 점이었다. 이를 계기로 히가시카와 마을을 좀더 알아보니, 젊은 이주자들이 많다는 점, 아이를 키우기 좋고 가구가 유명한 동네라는 점 그리고 '사진 마을'이라는 문구를 내세울 정도로 풍경이 좋다는 점들을 더 찾을 수 있었다. 물론 전철이 없고, 상수도가 없고, 국도 또한 없다는 것은 불편함으로 다가오기도 하겠지만 그만큼 깨끗한 동네라는 뜻도 된다. 차가 있으면 더 편하겠지만 모든 생활 반경이 도보로 이동 가능할 정도로 작은 마을이기에 나쁘지 않을 것 같았다.

그렇게 마음속에 히가시카와 마을이 자리잡았다. 그다음부터 다른 동네는 보이지도 않았다. 1년간 머물 장소로, 동시에 물론 여행 후보지로서도 히가시카와가 마음속 1순위였다. 2박 3일을 머물면서(사실 숙박 시설이랄 게 거의 없다) 동네를 둘러보기로 했다. 그러다 히가시카와 한국 사무소***가 있다는 사실도 알게 되었다. 그곳을 통해 일본어학교 입학과 마을에 대해서 자세히 알아보기 시작했다. 확실히 맛집과 카페가 넘쳐나서인지 노인 인구보다 젊은 인구가 많은 마을로 일본 내에서도 주목받고 있는 동네였다.

3일 동안 이 마을이 더 좋아졌다. 게다가 내가 애정하는 다이세쓰산하고도 멀지 않았다. 사람들은 낯선 여행객에게 친절했고 호의적이었다. 가보고 싶었던 작은 술집은 이틀 연속 예약으로 만석이라 못 갔지만, 어딜 가든 음식은 맛있고 직원들은 친절했다. 어느 반찬가게에서는 가볼 만한 가게를 많이 추천해주었는데, 어느 곳은 직접 전화해서 방문 가능 여부까지 확인해주었다.

코로나가 끝나면 장기 여행을 해보자는 마음으로 열심히 돈을 모았다. 그렇게 모은 돈으로 1년을, 사계절을 보내고 싶다는 마음이 더욱 솟구쳤다. 그래서 결국 어학연수를 선택했다. 마흔이 넘은 나이에 무모한 일일 수 있지만 지금 하지 못하면 계속 마음 한구석에 남을 것 같았다. 지금이 가장 젊을 때니까.

✳✳✳　참고로 강원도 영월군과 자매 결연을 맺은 도시이기도 하다. 아마 그래서 있었던 걸까 싶다.

가끔 사람들이 나에게 참 적극적이고 행동력 있다고 하는데, 사실 그렇지 않다. 그전까지 내 마음은 수만 가지 걱정과 고민으로 너덜너덜해진다. 그래도 답이 없거나 포기가 안 되면 '해보지 않으면 모른다'며 무작정 해보는 거다. 그러니 나는 실상 엄청난 겁쟁이에, 걱정이 많으며 만사에 주저하는 사람이다. 하지만 그 과정이 보이지 않으니 사람들이 거침없다고 느끼는 것 같다. 다만 한번 꽂히면 끝을 봐야 하는 성격이고, 머릿속에 맴도는 생각을 지울 수가 없으면 죽이 되든 밥이 되든 한번 해보자는 성격인 건 맞다.

장기체류에는 아는 바가 전혀 없어, 인터넷을 뒤지고 일본 친구에게 물어보며 길을 모색해나갔다. 두려움과 설레는 마음을 안고 히가시카와 한국 사무소에 연락해보았다. 아직 어학연수를 확정하지 않은 상태였기에 좀 쭈뼛거렸는데도 친절히 답변해주시고, 마을이나 학교 안내도 주선해주셨다.

곧 홋카이도에 가게 된다. 홋카이도에서 1년을 보내며 사계절을 경험하게 되겠지. 나의 오랜 꿈이 1년에 걸쳐 이루어지게 되리라. 지금까지와는 다른 여행을 할 수 있지 않을까 하는 기대감도 든다. 생각보다 게을러서 얼마나 많은 경험을 하게 될지는 모르겠지만, 부지런히 여러 곳을 여행 다니는 사람들과는 또다른 경험을 하리라 생각한다. 남들이 가지 않는 길을 가고 남들이 하지 않는 일을 하면, 그런 것들이 의외로 훨씬 더 오래 기억되고 깊이 박히더라는 걸 잘 알고 있다.

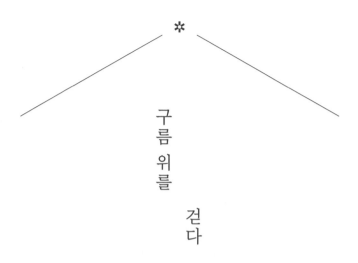

구름 위를 걷다

'눈 속에서 노천온천 하기'라는 소원이 후키아게온천을 통해 코로나 이전에 이루어졌다면, 이번에는 '설산에서 트레킹 하기'라는 소원을 이루기 위해 나는 또다시 도카치다케로 향했다. 처음엔 혼자서 '스노슈즈 트레킹 투어'를 신청해 떠나려 했는데, 이모들***이 합류하면서 총 세 명이서 가게 되었다.

***   '이모들'이라고 했지만 사실 막내 이모와 이모부 동생의 아내분이다.

(이모도 나와 똑같이 '눈 속의 노천탕'과 '설산 트레킹'이 버킷리스트에 있다고 했다. 내가 두 개나 이루어주었다!)

투어에는 스노슈즈와 스틱이 제공되고 전문 가이드가 동행했다. 눈을 좋아하는 사람이라면 꼭 해보길 추천한다. 일반 눈길과는 다른 풍경과 설질을 느낄 수 있다. 설피를 신고도 푹푹 빠지는 눈 위에서 길이 아닌 곳에 길을 만들며 나아가는 그 짜릿함이란 이루 말할 수가 없다.

우리의 숙소이자 가이드와 합류할 장소이기도 한 료운카쿠湯元 凌雲閣로 오전 10시쯤 이동했다. 주차장에 들어서서 차를 세우려는데 어딘가 곤란해 보이는 어르신들을 발견했다. 자세히 보니 자동차 바퀴가 눈에 빠져 헛돌고 있었다. 두 분은 부부인 듯했는데 흰머리에 나이 지긋한 분들이 당황하시는 모습을 보고 있자니, 한국인의 오지랖이 발휘될 시간이 왔구나 싶었다. 주차를 마무리하고는 어르신께 다가갔다.

"밀어드릴까요?"

"밟아주시겠어요?"

자동차를 뒤에서 밀어드릴 생각이었는데, 어르신은 액셀을 밟아달라고 하셨다. 결국 낯선 사람의 자동차 운전석에 앉아서 액셀을 천천히, 아주 천천히 밟았다. 다행히 오래지 않아 자동차는 눈 속을 빠져나왔다. 두 분은 연신 고맙다고 인사해주셨다. 별거 아니었지만 뿌듯함에 기분이 좋아졌다. 가이드와 만나기까지 시간이 좀 촉박해졌지만 누군가에게 도움이 될 수 있다는 사실은 삶의 한 부분에 있어서도, 여행의 한 부분에 있어서도 기분좋은 일임에 틀림없다.

어르신들을 배웅하고 서둘러 료운카쿠 안으로 들어섰다. 작은 체구에 어딘지 딴딴해 보이는 여성 가이드 사사키씨가 우리를 기다리고 있었다. 트레킹이라고 해봤자 두 시간 코스였고, 앞산 언덕을 오르는 정도이기에 솔직히 만만하게 생각하고 있었는데, 사사키씨는 만나자마자 우리의 옷차림부터 체크했다. 방수와 방한에 신경쓰시는 듯싶었다. 스키복을 추천하셨지만 이번 한 번 때문에 스키복을 살 수는 없으니, 최대한 등산복 중에서도 생활 방수가 되는 기모 바지와 재킷을 입고 그 위에 얇은 패딩을 걸쳤다. 막상 걸으면 더울 것 같아 패딩을 벗을까 했더니 위쪽은 더 추우니 입는 게 좋다고 하셨다. 실제로 산바람을 막아주는 것이 하나도 없어 살짝 쌀쌀하긴 했다. 역시 까불지 말고 전문가의 말을 들을 것.

주차장에서 준비 운동을 한 뒤 다 함께 장비를 착용했다. 사사키씨가 모두 휴대폰의 매너모드를 해제해달라고 말했다. 사진 찍으려고 휴대폰을 많이들 꺼내는데, 눈 속에 떨어뜨렸을 때 매너모드면 찾기가 무척 힘들다는 이유에서였다. 목에 거는 스트랩을 준비해갔으니 우리 정도면 아주 말 잘 듣는 고객이 아닐까.

　보통 숙소에서 스노슈즈와 스틱을 빌려주는 경우도 있어서 혼자 설산에 오르는 사람도 있을 텐데 개인적으로는 말리고 싶다. 누군가와 반드시 동행하길 바란다. 장비가 있어도 넘어지기 쉽고, 한번 넘어지면 혼자 힘으로 일어나기가 어렵다. 3년 전에 일반 신발로 올라갔다가 다리가 허벅지까지 빠진 적이 있는데, 지나가는 남성분이 도와주지 않았다면 빠져나오기 쉽지 않았을 것이다. 특히 나무나 덤불 주위에는 눈이 트리웰treewell이라는 틈이 생긴 채 쌓여서 사람이 빠지기 쉬우니 조심하는 게 좋다. 눈은 보기에 아름답지만 그 속에는 여러 변수가 숨어 있기 마련이다. 실제로 자주 방문하는 여행 커뮤니티에서 혼자 설산 트레킹을 가신다는 분이 계셨는데, 이상기후로 유난히 눈이 많이 내리던 날에 실종되었다는 소식이 올라왔다. 안타깝게도 이후 한 달 넘게 신상을 찾지 못했다고 한

다. 설산은 아름답지만 엄청난 위험을 품고 있으니 늘 조심해
야 한다.

이제 본격적으로 앞산을 오르기 시작했다. 전에 트레킹을
했을 적에는 스키어들이 한번 지나간 자국을 따라가서 발이
빠지는 일이 적었는데, 아직 여행객들이 예전만큼 안 와서일
까 앞서 걸은 사람들의 흔적도 많지 않았다. 있다 하더라도 발
이 푹푹 빠지는 구간들이 더러 있었다. 아마 겨울인데도 고온
현상이 반복되었던 탓에 그런 건가 싶다(내 몸무게 탓인 건 아
니겠지).

몸은 힘들었지만 트레킹 중간중간 사사키씨가 해주는 이야
기들이 무척 흥미로웠다. 그녀는 사슴도 잡고, 무려 곰도 잡는
사냥꾼이었다. 곰 발바닥으로 만든 파우치를 보여주며 자기
가 잡은 곰으로 만들었다고 말했다. 갖고 싶다는 생각이 들지
는 않았지만 곰 발바닥을 처음 만져보며 '이게 홋카이도구나'
싶었다. 원한다면 곰 발바닥으로 만든 파우치를 가질 수 있는
그런 동네. 지금껏 다이세쓰산국립공원 근방에서만 살아온
사사키씨는 어려서부터 다이세쓰산을 놀이터 삼아 자랐을지
도 모르겠다.

우리가 오르고 있는 해발 2,077m의 도카치다케가 매력적인 이유는 대부분 자동차로도 오를 수 있다는 것이다. 나 같은 '저질 체력'의 소유자들에겐 얼마나 반가운 이야기인지 모른다. 주차장에 내려 몇 발자국만 걸어 올라가면 황홀한 눈꽃 세상이 펼쳐지니, 내가 서 있는 곳이 비현실적으로 느껴지기도 한다. 수년 전 처음 와본 이후 이곳에서의 트레킹은 나의 꿈이었다.

스노슈즈 트레킹 투어의 시작점이자 숙소인 료운카쿠는 '구름[雲]을 능가[凌]하는 집[閣]'이라는 뜻이다. 속세를 초월하는 것. 그 앞산에 올라서면 그게 무슨 뜻인지 마음에 와닿을 것이다. 사사키씨의 가이드를 받으며 내딛는 한 발 한 발이 구름 위를 걷는 듯 꿈결 같았다.

그녀는 속도가 빠르면 얘기해달라, 힘들면 얘기해달라, 사진 찍고 싶으면 언제든지 말해달라며 트레킹 초심자인 우리를 무척이나 배려해주었다. 사진도 많이 찍고 싶고 더 멀리도 가고 싶은 이모님 때문에 조금 곤란한 순간도 있었지만, 우리는 무사히 두 시간의 투어를 마치고 료운카쿠로 돌아왔다.

아직 체크인까지 시간이 남아 있었지만 눕고 싶은 마음이 간절했다. 카운터 직원에게 이른 체크인이 되는지 물어봐준 사사키씨 덕분에, 그리고 운 좋게 방 또한 준비되어 있어서 예상보다 빨리 지친 몸을 뉘일 수 있었다. 두 면이 커다란 통창이어서 설경을 두 눈에 가득 담을 수 있는 방이었다.

다음날 아침, 산 아래로 내려가기 위해 준비하는데 창밖에 안개인지 구름인지 알 수 없는 무언가가 짙게 끼어 있었다. 어제까지만 해도 맑더라니 역시 산은 산이구나. 시간이 지나면 좀 나아질까 싶어 방 안에서 잠시 기다렸지만 대기는 더 짙어졌다. 결국 아침 산책도 포기한 채 출발하기로 정했다. 한 치 앞도 보이지 않았다. 바로 코앞에 쌓인 눈이 보이지 않았다. 어쩌면 나는 그때 잠시 구름 속에 있었는지도 모르겠다.

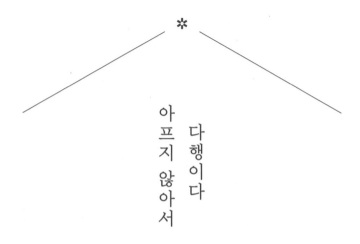

아프지 않아서 다행이다

아사히카와에 사는 토마토씨는 한국어를 열심히 공부하는 주부다. 오랜 시간 SNS를 통해 대화를 주고받았고, 서로의 한국어와 일본어 공부 이야기도 자주 나누었다. 그러니 처음 아사히카와에 가게 되었던 2020년, 그녀를 만나지 않을 이유가 없었다. 하지만 일행이 있어서 명확한 약속을 잡을 수 없었는데, 그녀 역시 몸 상태가 좋지 않다고 했다. 결국 우리가 고대하던 첫 만남은 서로에게 줄 선물만 간단히 교환하고 헤어지는 것으로 그치고 말았다.

마스크를 쓰고 조용조용 이야기하던 그녀는 퇴원한 지 얼마 되지 않아 아직 혼자 외출하는 것이 힘들다고 했다. 그런데도 나를 위해 동생의 도움을 받아 내가 묵던 호텔 로비까지 와주었다. 나에게 줄 선물로 준비했다는 기념품도 한 보따리였다. 내 친구들의 몫까지 있었다. 한국어 책과 조미김 등 약소했던 나의 선물이 부끄럽게 느껴질 정도였다.

그후에도 SNS로 간간이 서로의 소식을 전하다가 코로나가 끝나고, 드디어 3년 만에 다시 아사히카와에 가게 되었다. 토마토씨를 만나는 것이 그곳에서의 주요 일정이었다. 징기스칸으로 유명한 징기스칸 다이코쿠야成吉思汗 大黒屋에 가서 토마토씨와 식사하는 것, 사실상 그게 전부였다. 그녀에게 나의 계획을 말하니 기꺼이 함께하겠단다. 그리고 며칠 후 다시 연락이 왔다. 남편과 아들도 같이 가서 인사를 나눠도 되냐고 물었다. 당연히 괜찮지!

그렇게 토마토씨 가족들과 이른 저녁식사를 하게 되었다. 그녀는 식당도 직접 예약해주었고, 호텔로 마중까지 나와주었다. 가게 앞은 이미 사람들로 붐볐고, 길 건너편에 대기실까지 있었지만 우리는 토마토씨의 예약 덕분에 오픈 시간에 맞쳐 바로 자리에 앉을 수 있었다. 1층과 2층에 좌석이 꽤 많았는데, 금세 손님으로 가득차 북적거렸다.

우리는 네 명이라 부위별로 다양하게 고기를 주문하기로 했다. 그중에 맛있는 건 한번 더 시켰고 아몬드무샐러드도 시켰다. 일본어가 많이 늘었다 하지만 나는 여전히 식당에서 주문하는 것이 참 어렵다. 고기 부위의 명칭도 잘 모르고, 검색해도 제대로 안 나오는 경우가 많아서 온전히 직감과 식당측의 추천만을 믿어야 한다. 그러다보니 현지인이, 그것도 가본 적 있는 현지인이 함께해준다면 무척이나 든든하다.

가게에서 신나게 대화하는 토마토씨는 3년 전에 봤던 그 사람이 맞는지 의심이 들 만큼 밝아진 모습이었다. 잘 웃고 잘 먹는 건강한 모습이라 안심이었다. 알고 보니 건강 문제 때문에 나와의 만남을 마지막으로, 이렇게 밖에서 누군가와 약속을 잡고 만난 게 3년 만이라고 한다. 그렇게나 힘든 시간을 잘 견디고 나를 만나주어 어찌나 고맙던지.

식사를 끝낸 뒤 남편과 아들은 먼저 돌아가고, 토마토씨와 단둘이 카페에 갔다. 너무 무리하지 말라고, 언제든 들어가야 할 것 같으면 말해달라고 했지만 그녀는 마지막까지 함께해주고, 나를 숙소에 데려다주기까지 했다.

일본인들은 개인주의 성향이 강하다지만 상대를 먼저 챙기고 생각해주는 사람들을 참 많이 만났다. 역시 성급한 일반화는 피하는 게 좋겠다. 그녀와 헤어지면서, 곧 히가시카와로 올 테니 건강한 모습으로 다시 만나자고 약속했다. 가까운 곳에 그녀가 있으니 마음이 든든하다. 내 편이 하나 있는 기분이다.

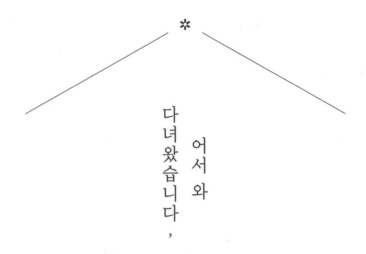

어서 와

다녀왔습니다,

2023년 3월, 자그마치 3년 반 만에 모리노키에 돌아왔다. 이렇게 오래 걸릴 줄 몰랐다. 그 3년 동안 수많은 숙소가 폐업했다. 모리노키가 그 시간을 버티고 여전히 그 자리에 있어줘서 정말 다행이었다. 세상이 멈춘 듯 반복되는 일상만을 묵묵히 참고 살아가다가 다시 세상이 움직이기 시작했을 때, 그때 다른 곳은 생각나지 않았다. 모리노키와 민타로에 가자고 마음먹었다. 두 곳 모두 나에겐 제2의 집 같은 곳이니까. 여행자들의 안식처이자 나의 집.

"오카에리(어서 와)."

이모들과 다이세쓰산 여행을 마치고 모리노키로 돌아온 날, 지친 나를 따뜻하게 안아주던 마사씨도 마유미짱도 정말 이지 눈물나게 고마웠다. 함께 있어도 멀리 떨어져 있어도 늘 고마운 사람들이다. 코로나 때문에 찾아갈 수 없었지만 마음 만이라도 보내고자 종종 모리노키의 숙박권을 구매하기도 했다. 그 마음을 아는 마사씨는 보답으로 책을 보내주었고.

마유미짱의 아침밥도 3년 만에 먹게 되었으니 내친김에 매일매일 챙겨 먹었다. 사실 그동안 한국에서의 내 아침밥은 식빵 한 쪽에 삶은 달걀과 시리얼이었다. 밥과 국, 간단한 반찬 으로 구성된 마유미짱의 아침은 실상 내 집밥보다 더 집밥에 가깝다. 가격도 저렴하니 당연히 먹어야 한다. 그런데 밥값을 내려 했더니 마유미짱이 고개를 저었다. 한국에 놀러왔을 때 내가 해주었던 것들이 고마웠다며 받지 않겠단다. 그때의 신세도 다 갚지 못한 것 같다며 말이다. 되돌려받으려 베푼 호의 가 아니었음에도 그녀는 그때를 기억해줬다. 5년 가까이 지난 일임에도, 우리 여행을 기억하고 나의 노력을 고마워해준다 는 게 무척이나 기뻤다. 그녀에게 한국 여행이 좋은 기억으로 남았다는 것이 무엇보다 기뻤고.

그렇다고 그 긴 며칠 동안의 아침밥을 그냥 얻어먹을 수는 없는 법. 마유미짱은 거의 매일 아침 케이크를 굽고, 그것을 커피가 담긴 보온병과 함께 테이블 위에 올려놓는다. 그리고 그 옆에 조그마한 동전 바구니를 두는데, 숙박객들은 바구니에 돈을 넣고 자유롭게 커피나 케이크를 가져가면 된다. 이 또한 안 먹고는 배길 수 없는 조합이라 나는 오전 일과가 끝나면 늘 가져다 먹었기 때문에, 겸사겸사 이때 조금 넉넉하게 돈을 넣어두곤 했다. 예전엔 마냥 사양하거나 받기만 했지만 나이가 들면서 이런 요령도 배웠다.

생각해보니 이 요령은 민타로에 머물 때 밋키씨에게 배운 것이다. 헬퍼로 함께했던 밋키씨가 떠나고 나서 윤타쿠의 기부 박스에 만 엔짜리 지폐 몇 장이 종이봉투에 들어 있었다. 히데오씨에게 말하니 아마 밋키씨일 거라고 했다. 깜짝 놀랐다. '이런 방식의 인사도 있구나' 싶었다. 사실 둔하다면 눈치채지 못할 마음일지도 모르겠지만, 눈치채면 감동이 두 배가 되는 이런 묘한 방식의 감사 표시가 멋있었다. 나도 이런 걸 한번 해보고 싶었다. 그래서 마유미짱에게 그런 식으로 밥값을 대신했고, 이번에 민타로를 떠날 때에도 밋키씨의 흉내를 내서 기부 박스에 만 엔짜리 지폐를 몇 장 넣어두고 왔다.

사람은 이렇게 평생 배우는 것 같다. 책상에 앉아 배우는 것
도 값지지만 살면서 누군가에게 스미듯 배우는 것들이 있다.
그 사람의 생각에서, 행동에서, 말투에서 느껴지는 마음들이
좋아, 어느덧 나도 따라 하게 되는 그런 것들.

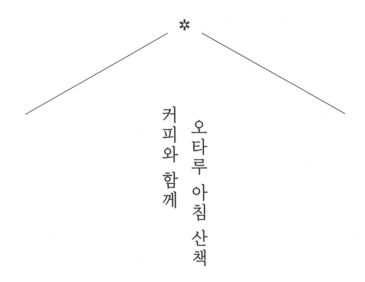

커피와 함께

오타루 아침 산책

"내일 내 몫의 아침밥은 필요 없어!"

마유미짱에게 당당히 말했다. 모리노키에서의 아침은 늘 마유미짱이 만들어준 아침밥으로 시작하는데, 내일 하루는 아침 산책을 위해 한끼 거르기로 했다. 여행지에서의 아침 산책은 뭔가 기분이 좋다. 사실 평소에는 거의 시도도 못하는 일들 가운데 하나인데 괜히 여행중에는 꼭 하고 싶어진다. 저녁형 인간이고, 혼자라면 게으름을 피우기에 그런 일들이 더 특별하게 느껴지는지도 모르겠다.

오타루에 고메다커피コメダ珈琲店가 생겼다는 소식을 들었다. 일본의 개인 카페들은 보통 느지막이 장사를 시작하기에 체인점들의 이른 오픈 시간은 고맙게 느껴진다. 그래서 모리노키에 손님이 별로 없는 날이면 고메다커피에서 모닝커피를 마시기로 했다. 오전 11시 이전에 주문하면 빵이 제공되는 모닝 세트가 있다. 내가 노리는 것이 바로 이것이다. 당연히 마유미쨩의 아침식사가 더 맛있고 든든할 거다. 하지만 '모닝 세트를 먹겠다'는 목표 뒤에 숨은 진짜 목적은 아침 일찍 숙소를 나가 산책하는 것. 일찍 몸을 일으켜 밖으로 나갈 마땅한 핑계가 없던 차에 아주 좋은 핑계가 생겼다. 사실 숙소에서 조금만 서두르면 오전 일과를 마치고 가도 모닝 세트를 먹을 시간이 된다. 하지만 기분 문제다! 일어나자마자 바로 자리를 박차고 나가지 않으면 은근 지치고 처져서 드러눕고 싶은 기분이 든다. 또 아침에만 느낄 수 있는 공기도 있다.

아침 7시, 숙소 밖으로 나왔다. 눈을 감고 꼼짝 않고 서서 내 머릿속에 든 오타루 지도를 더듬어보았다. 그리고 눈을 떴다.

오르골당 중에 여기가 없어졌지. 류게쓰가 이 자리에 생겼구나. 이번에 오타루 와서 아직 롯카테이를 안 갔네.

그리고 발걸음을 내딛기 시작했다. 한적한 사카이마치 거리가 새삼 낯설지만 걷고 있자니 기분이 좋았다. 낮에는 항상 사람들로 북적이는 오타루운하도 이 시간에는 한가로워 보였다. 출근을 하는 직장인들의 모습도 보였다.

걷기에 적당한 온도와 습도가 무척이나 좋았다. 하늘이 말도 못하게 예뻐 걷다가 멈춰서 사진 찍기를 여러 번. 그렇게 예상보다 좀 늦게 카페에 도착했다. 주차장 풍경임에도 하늘이 좋으니 창가에 자리를 잡았다. 누군가 물감이라도 풀어놓은 듯 파란 하늘에 여러 번 감탄하며 천천히 시간을 즐겼다.

역시, 식사 측면에서는 마유미짱의 390엔 아침이 훨씬 더 든든하고 맛있다. 매일 그녀의 아침밥을 먹다가 고메다커피의 조식을 먹으니 살짝 부족하게 느껴지긴 한다(결국 돌아오는 길에 편의점에 들러 삼각김밥을 샀다). 그래도 뻣뻣해진 기분이 말랑말랑 부드러워지도록 펴야 했다. 아침 7시에 새파란 하늘 아래를 걸으며 혼자 커피 마시러 가는 사치를 부리면서 말이다. 대부분 게으르고 때때로 부지런한 나의 여행이다.

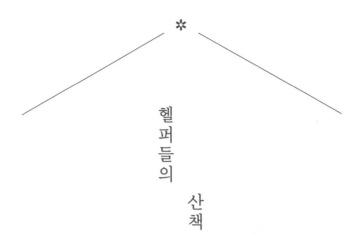

헬
퍼
들
의

산
책

모리노키에서 2주를 머물렀다. 마유미짱의 휴일은 일요일이었는데, 머무는 동안 매주 일요일은 별다른 이견 없이 헬퍼들끼리 산책을 나가기로 정했다. 그래서 총 두 번의 일요일을 함께 보내게 되었다. 소중한 휴무일을 나에게 써도 되냐고 묻자, 마유미짱은 '모처럼이니까'라며 함께 있어주었다.

모리노키의 헬퍼로는 9년 전 처음 만난 마유미짱이 여전히 있었고, 처음 보는 낫짱이라는 친구가 있었다. 지난해부터 있었다 하니 꽤 오래 머무는 헬퍼다. 이렇게 게스트하우스에 헬퍼로 있는 일본인들을 살펴보면, 특이할 것까진 없지만… 결코 평범하지도 않다.

낮짱은 낮 동안 데미야공원 근처의 일자리복지센터에서 일하는데, 처음 일할 때부터 하루종일 일하는 건 무리라며 근무 시간에 조건을 걸었단다. 그래서 오후 2시쯤이면 모리노키에 돌아와, 9시쯤 잠들고 다음날 오전 5시에 일어난다. 오비히로에서 농업고등학교를 졸업했다더니 확실히 생체리듬이 농업에 최적화된 듯하다. 한동안은 모리노키에서 편도로 한 시간이 넘게 걸리는 농장까지 출퇴근을 하기도 했다는데 몸도 힘들고, 너무 일찍 출근 준비를 하려니 손님들도 신경쓰이고 해서 그만두었다고 한다.

— 첫번째 일요일

첫번째 일요일은 교자가 맛있다는 제니바코의 한 가게에 가기로 했다. 마유미짱과 나는 모리노키에서 출발하고, 낮짱은 가게에서 합류하기로 했다. 제니바코역에 내려 바다가 보고 싶다는 마유미짱의 안내에 따라 걸었다. 근데 내가 알던 길과는 다른 방향이었다. 몇 번이고 마유미짱에게 되물었다.

"길 알고 있는 거지?"

고개를 갸웃거리는 나를 향해 마유미짱은 알고 있다고 대답했다. 하지만 이내 정확히 어디 해변으로 가는 건지를 묻자, 예전에 마유미짱이 추천해줘서 나도 가본 적이 있는 오타루 드림비치おたるドリームビーチ에 가고 싶단다. 그럼 여기가 아니잖아. 작게 웃고는 마유미짱에게 "나에게 맡겨!"라 말하고 자신만만하게 길을 나섰다.

조금씩 아는 길들이, 아는 건물들이 나왔다. 그래, 이쯤에 마트가 있고, 이쯤에 저 카페가 있었어. 아직 눈이 다 녹지 않아 지저분하고 질퍽거리는 거리를 걸었다. 도중에 말도 안 되게 커다란 물웅덩이가 길을 가로막고 있었다. 이 길을 걷는 사람은 우리 둘뿐이었다. 가끔 자동차가 지나다녔는데, 우리 옆을 지날 때면 속도를 현저히 낮춰주어서 다행이었다. 그렇지 않았다면 우린 흙탕물을 뒤집어썼을 것이다.

그렇게 한참을 가다가 드림비치까지는 아무래도 갔다 오기가 어렵겠다 싶어 그 주변 해안가로 내려가보기로 했다. 해변에는 거대한 바위가 보였는데 가까이 다가가자 바위가 아니었다. 모래와 흙 때문에 지저분해져서 바위처럼 보이는 거대한 눈덩이였다. 자연의 위대함(또는 내 안 좋은 시력)에 놀라며 산책을 이어가던 중 낫짱이 메시지로 사진 하나를 덩그러니

보내왔다. 사진만 보고 장소를 맞추는 퀴즈인 양 그녀는 그후
로도 계속 문자 없이 사진만을 보내왔다. 처음엔 제니바코역
맞은편의 카페, 그다음은 갈림길에 있는 소바집 등등. 자신이
어디쯤 오고 있다는 위치를 그런 식으로 알렸다.

 낫짱이 제니바코에 도착했으니 우리도 슬슬 몸을 돌려 목
적지인 교자차야餃子茶屋·あおぞら銭函3丁め로 향해야 할 시간이다.
마유미짱 말로는 식사시간 때 줄을 꽤 서야 하는 곳이라는데
점심시간이 좀 지나서였을까, 식당 안은 다행히 덜 붐볐다. 낫
짱이 오기 전이었지만 대충 주문을 넣었다. 정식 세트도 있었
지만 밥보단 만두로 배를 채우고 싶었기에 단품을 종류별로
주문했다. 점보만두, 물만두, 슈마이, 튀김슈마이, 맥주를 시
켰다. 어느 것 하나 빼놓지 않고 다 맛있었다. 사실 군만두보
다는 물만두나 찐만두를 좋아하는 편인데, 여기 일등 메뉴는
누가 뭐라 하더라도 엄청난 크기의 점보만두였다.
 특이한 것은 가게 이름에 들어간 다실茶屋이라는 단어처럼
교자 외에도 찻집에서 먹을 만한 디저트 메뉴들이 많았다는
것이다. 우리는 치즈케이크, 참깨당고 그리고 '지마키'라고 하
는 대나무잎으로 싸서 찐 찹쌀밥을 시켰는데, 전부 성공적이

었다. 의외로 치즈케이크 맛집이었다.

그리고 또다른 추천메뉴는 바로 감자튀김. 후식까지 먹고 마지막으로 시켰던 감자튀김은 주문이 들어가야 튀기기 때문에 시간이 좀 걸릴 거라 했는데 기다린 보람이 있었다. 정말이지 갓 튀겨낸 튀김이 이렇게 맛있다는 걸 새삼 깨닫게 해주었다. 프렌치프라이를 별로 좋아하지 않는 사람이라도, 여기 감자튀김은 너무 맛있으니 무조건 먹어봐야 한다!

제니바코는 많이 가보지 않아 익숙한 곳은 아니었는데, 이번에 뭔가 흥미로운 동네라는 걸 느꼈다. 어디를 가든 대체로 걸어갈 수 있고, 거리 곳곳에 눈길을 끄는 풍경이나 건물들 그리고 맛있는 가게들이 다양하게 자리하고 있다. 관광객들로 북적이는 오타루와는 또다른 느낌이다. 거리에 사람은 별로 없었지만 가게 안으로 들어가면 손님들로 가득한 것을 보니 역시 사람 사는 동네가 맞았다. 오래되어 쓰러지기 직전인 건물부터 새로 지어 시멘트 냄새가 날 것만 같은 새 건물까지, 사람 사는 풍경이 여실히 드러나는 고즈넉한 동네였다. 화재로 전소된 영화 〈러브레터〉 속 주인공의 집으로만 기억되기에는 조금 아까운 동네라는 생각이 든다.

— 두번째 일요일

모리노키에서 맞는 두번째 일요일도 역시나 셋이서 산책에 나섰다. 이번엔 셋이 모리노키를 함께 출발했다. 우리는 마유미짱의 안내에 따라 처음 가보는 나가하시나에보공원長橋なえぼ公園으로 향했다. 모리노키에서 걸어서 50분 정도 걸리는 곳에 있어 꽤 오래 걸어야 했다. 중간중간 눈이 녹지 않은 걸 생각하면 그보다 조금 더 걸렸을 수도 있겠다.

우리의 목적은 탐조 산책, 그리고 혹시 머위꽃이 올라왔다면 따다가 머위된장을 만드는 것이었다. 우리나라에서도 리메이크되었던 영화 〈리틀 포레스트〉의 주인공이 눈 속에서 머위꽃을 따서 머위된장을 만드는 모습을 보고 먹고 싶다 했더니 마유미짱이 만들어주겠단다. 마유미짱은 나더러 언니 같다고 하지만, 이럴 때 보면 사실 내가 철없는 막내딸이고 마유미짱은 맛있는 밥을 해주는 엄마 같다.

공원으로 가는 길에 유제품가게인 야마나카목장山中牧場에 들렀다. 이름대로 목장에서 운영하는 작은 곳이다. 그곳의 우유와 아이스크림을 좋아한다. 우유를 다 마신 빈 병을 반납하면 100엔을 돌려받을 수 있어서, 미리 챙겨간 병을 반납한 뒤 소프트아이스크림을 하나씩 사들었다. 산책 후 돌아오는 길에 시원한 아이스크림을 먹는 것이 정석이겠지만, 그 시간이면 가게가 닫을 시간이라 순서를 바꿀 수밖에 없었다. 소프트 아이스크림을 여행지마다 먹는 나로서는 포기할 수 없었다. 여자 셋이 아이스크림을 한 손에 들고 공원으로 향했다.

공원은 아직 눈으로 가득했다. 이번 겨울은 유난히 따뜻해 눈이 일찍 녹았다고들 하지만 역시 홋카이도는 홋카이도다. 겨우내 사람 발길이 닿지 않은 공원 안은 아직 한겨울이었다. 가로수 사이를 조심히 걸으며 시선은 나무 위를 향했다. 그리고 새들의 지저귐에 귀 기울였다. 작은 새들이 재빠른 움직임으로 우리들의 시선을 피해 이 나무에서 저 나무로 옮겨가고 있었다. 마사씨에게 빌려온 망원경으로 새를 좇아보려 했지만 쉽지 않았다. 공원에 사람은 거의 없었지만 망원렌즈를 들고 우리들처럼 나무 위를 올려다보는 사람들이 두 명 정도 보였다.

사실 이 탐조 산책에서 나는 '시마에나가島柄長'라는 하얗고 작은 새가 보고 싶었다. 에나가柄長는 오목눈이를 부르는 말이고, 시마에나가는 홋카이도에 서식하는 오목눈이 종류다. 홋카이도에는 지역 토종 동식물이 몇몇 종 서식하는데 이런 아이들을 '도산코道産子'라고 부른다. 그 대표적인 것이 시마에나가다. 눈의 요정이라 불리는 이 아이는 눈 속에서도 포근할 것처럼 뽀송뽀송하고 새하얀 작은 몸통에 까만 눈이 콕콕 들어간 귀여운 외모를 가졌다. 그래서인지 요즘 홋카이도 기념품 가게에 가면 이 새의 기념품들이 꽤 눈에 보인다. 코로나 이전만 해도 별로 없었으니 요 몇 년 사이 인기가 급증한 듯싶다.

하지만 워낙 작고 움직임이 빨라 발견하기가 쉽지 않다. 시마에나가는 반쯤 포기하고 걷다 유독 새가 많이 보이는 나무를 발견했다. 그 나무의 밑동을 보니 온갖 견과류 껍데기를 볼 수 있었다. 누군가 일부러 먹이를 주는 것인지, 아니면 새들이 먹이를 물고 와 그 나무에서 식사를 하는 것인지 알 수 없지만 해바라기, 호두 등의 껍데기들이 무수했다. 나무 근처를 살피며 동시에 머위꽃도 찾아보려 했으나 눈 덮인 공원에서 찾기는 어려웠다. 눈을 파헤치면 나올까 싶었지만 그럴 열정까진 없었다.

우린 들어왔던 입구와는 반대 방향으로 공원을 빠져나왔다. 그리고 예전에 낫짱이 아르바이트를 했었다는 탄탄멘가게로 향했다. 그 길이 왠지 낯익어 구글 맵을 켜니 영화〈윤희에게〉에 나온 우체국 거리였다. 영화를 본 뒤, 직접 가보고 싶어 지도에 저장해둔 차였다. 마유미짱이 늘 신세지고 있다는 쌀가게가 있는 거리였고, 한 블록 너머엔 야쿠시신사薬師神社가, 오타루운하(정확히는 북운하) 인근까지 시원하게 내려다보이는 야쿠시신사의 언덕薬師神社の坂이 있는 곳이었다. 혼자서라도 한 번쯤 오고 싶었던 우체국이고, 언덕이다. 그 우체국에서 누군가에게 편지를 혹은 엽서를 보내지 못한 것이 조금 아쉬웠다.

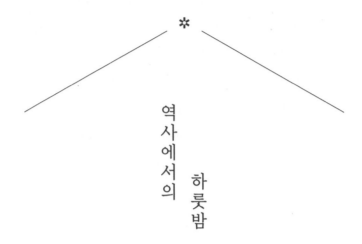

역사에서의 하룻밤

드라마를 보고 알게 된 숙소가 하나 있다. 〈철도 오타쿠 미치코, 2만 킬로미터鉄オタ道子、2万キロ〉라는 드라마는 유명한 가구 브랜드의 잘나가는 직장인 미치코가 철도에 꽂혀 전국의 철도를 찾아다니는 내용이다. 드라마 1화에 소개된 곳이 바로 내가 흥미를 가진 히라후比羅夫역이다. 일본에서도 유일한 역사駅舎 숙소다.

언젠간 이 역에서 하루 묵어보기로 마음속으로 조용히 다짐했다. 사실 다짐하고도 쉽게 갈 수 있는 곳은 아니었다. 드라마를 접한 것은 코로나가 한창이었던 시기라 항공편이 대부분 막혀 있었다. 비행이 재개된다 하더라도 열차를 갈아타고, 갈아타고, 갈아타야 갈 수 있는 곳이었다. 하지만 괜찮다. 나에게 오타루의 집 모리노키가 있으니! 오타루에 머무는 날이 온다면 이틀 정도 시간을 내어 가보기로 마음먹었다.

그렇게 2023년 3월 히라후역으로 향했다. 마사씨의 배려로 내 자리는 그대로 두고 잠시 외박을 하게 된 것이다. 유난히 따뜻한 날씨로 비가 자주 내리던 3월, 히라후로 출발하던 아침은 조금 추워서 눈발이 날렸다. 내가 가진 IC 카드(일종의 교통카드다)로는 히라후역으로 갈 수 없어서 판매기에서 1,490엔짜리 표를 구매했다.

오타루에서 굿찬俱知安행 열차를 타고, 굿찬에서 니세코ニセコ 방향으로 오샤만베長万部행 열차를 타고 한 정거장을 가면 나오는 곳이 히라후역이다. 굿찬에 정차하는 열차 자체가 많지 않아서 시간을 잘 맞춰가야만 한다. 그리고 오샤만베행 열차는 1량이나 2량만 운행되는 '원맨 열차'＊＊＊다. 개찰구도 따로 없고, 표를 살 수도 없어서 기차가 멈추면 기관사가 나와 내리는 사람에게서 요금을 받는다.

히라후역에서는 한 명이 기차에 탔고, 한 명이 기차에서 내렸다. 그 한 명이 나였다. 홀로 내린 조그마한 기차역. 온전히 혼자라는 쓸쓸함을 만끽할 수 있었다. 열차에서 내리면 코앞에 바로 숙소가 보인다. 내리자마자 열 발자국 정도 걸으면 숙소인 것이다. 체크인 시간은 좀 남았지만 예약하면서 미리 짐을 맡길 수 있는지 문의를 넣어두었기에 일단 숙소로 향했다. 숙소의 주인장은 평소 역사 바깥에 있는 자택에 머무는 듯한데 이렇게 시간을 미리 알려두면 그 시간에 맞춰 와 있다. 짐만 맡기고 나가볼 계획이었는데, 오늘 투숙객이 나 혼자고 방도 준비가 되어 있다며 이른 체크인을 해주었다. 방 안내와 숙소 안내, 저녁 안내를 해주고 주인장은 자택으로 돌아갔다.

숙소는 드라마에서 보던 것과 똑같은 모습이었다. 오래된 목조 건물이라 추울 것을 예상했지만 타닥타닥 타오르는 장작 난로 덕분에 춥지 않았다. 2층에 자리한 내 방에서는 선로

*** 　기관사 한 명이 운행하는 열차로, 요금을 지불하는 방식이 독특하다. 탑승할 때 열차 안에 설치된 발매기에서 정리권(표)을 뽑는다. 거기에 번호가 적혀 있는데, 하차할 때 내부에 설치된 안내판에서 자신의 번호를 확인해 그 번호에 설정된 요금을 요금함에 넣거나 기사에게 지불한다.

가 보이는데, 드라마에서 주인공 미치코가 묵었던 그 방이었다. 캬, 술 한 모금 입에 안 대고 취하는 기분이라는 게 바로 이런 낭만을 두고 하는 말이구나.

홀로 1층의 커다란 테이블에서 승강장을 바라보며 점심을 주섬주섬 꺼냈다. 모리노키 이웃에게 받은 유부초밥과 마유미짱이 챙겨준 커피, 파운드케이크, 인스턴트 우엉수프였다. 주변에 그 흔한 편의점도 없는 동네여서 꼭 필요한 도시락이었다. 어찌나 고마운지, 아니었으면 점심을 굶을 뻔했다.

점심을 간단히 해결한 뒤 정리하고 있으니 눈이 다시 내리기 시작했다. 히라후역까지 오는 기차 안에서도 눈이 오다가 그치기를 반복했는데, 이제 본격적으로 올 모양이었다. 실내에만 있기엔 아깝다는 생각이 들었다. 눈이 오면 나가야 하는 사람이기에 바로 옷을 챙겨 입었다. 역사를 둘러보다가 더 걷기로 했다. 사실 길가에 아무도 없어 좀 무섭긴 했지만 그래도 아까운 마음이 더 컸으니 걸었다. '마을'이라 이름 붙이기도 애매하게 집들이 듬성듬성 있는 곳이었다. 무서운 것과는 별개로 오랜만의 눈이다보니 마음이 신났다. 이대로 들어갈 수 없어 계속 걸었다. 맞은편에 아주머니 한 분이 걸어오고 계셨다. 고맙게도 먼저 인사해주셔서 나도 마주 웃으며 인사를 건넸다. 얼마 후 눈길에서 아루쿠 스키(평지 스키)를 타는 아저씨도 만났다. 근처에 사시는 부부셨다. 어디서 왔냐, 뭐 하러 왔냐, 어디에서 묵냐, 산책이라고 해도 이 동네에는 아무것도 없다 등등 이런저런 이야기를 나누었다. 한국에서 왔다고 하니 이런 데는 어떻게 알고 왔냐며 놀라셨다.

그중 아주머니와 얘기가 조금 길어져 건널목에서 기차 들어오는 풍경을 구경하진 못했지만 동네 사람과의 이런 소소한 시간은 여행에서 놓치기 아까운 추억이다. 이 여행에 조금은 다른 색채가 씌워지는 느낌이다. 눈에 보이는 풍경도 좋지만 내가 풍경의 한 부분이 되는 느낌이다. 한동안 따뜻해서 새순이 올라왔었는데 다시 눈 속에 파묻혔다며, 역시나 올 겨울은 따뜻한 편이고 눈도 일찍 녹기 시작했다고 한다. 여행 왔는데 눈이 와서 어떡하냐며 걱정해주었지만 고개를 저었다. 그냥 눈을 좋아해서 괜찮다고 답했다.

아주머니와 함께 걷다가 그분의 집 앞에서 헤어지고 혼자 좀더 걸었다. 그리고 주변이 조금씩 어두워질 기미가 보이고 나서야 숙소로 되돌아가기 시작했다. 홋카이도의 겨울 낮은 무척이나 짧다. 어두워진다 싶으면 순식간에 깜깜해지므로 숙소로 돌아가야 할 시간이었다.

숙소에 도착하니 마침 숙소에서 나오는 주인장과 마주쳤다. 주인장은 난로에 장작을 보충해준 뒤 저녁으로 제공될 냄비전골인 나베鍋를 준비하기 위해 난로 위에 물을 올려두었다. (여름에는 역 플랫폼에서 징기스칸 바비큐를 한단다. 이 또한 특이한 경험이겠다.) 오후 6시가 되자 저녁식사가 준비되었다. 나 혼자 나베라니, 참으로 사치스럽다. 사실 조금은 쓸쓸하다는 생각도 들었고, 가끔 오는 기차를 타거나 내리는 사람들에게 안이 훤히 보이니 조금은 부끄럽다는 생각도 들었지만 낭만에 젖어 상황을 즐기게 되었다.

이튿날은 알람소리가 아닌 기차소리에 놀라 눈을 떴다. 운행하는 기차가 아니고 회송하는 기차인지 엄청난 소음을 내며 질주했다. 깜짝 놀라 눈을 뜨고 창밖을 내다보았더니 더이상 잠이 오지 않았다. 멍하니 창밖을 바라보았다. 미치코처럼 창가에 서서 창밖을 바라보고 있으니 내 삶이 드라마가 된 듯해 잠시 망상에 빠졌다.

오전 역시 주인장이 준비해주는 아침을 먹으며(아침식사도 미리 예약했다) 창밖을 바라보는데 날씨가 너무 좋은 거다. 이

대로 돌아갈 순 없다. 오전 기차와 오후 기차 사이에 고민을 하다가 오후 기차를 타기로 했다. 일단 체크아웃 준비를 모두 마치고 1층에 내려와 주인장에게 드라마에 나왔던 '곰'을 만날 수 있는 장소를 물었다. 드라마에서는 산책하다 만날 수 있는 설정이지만 실제로는 생각보다 가기 쉽지 않다는 답이 돌아왔다. 위치를 확인하니 편도 50분 정도 걸리는 거리였다. 사람도 차도 별로 다니지 않고, 인도 없는 찻길을 한참이나 걸어가야 하는 루트였다. 하지만 하늘이 너무 예뻤고, 멀리 보이는 요이치산余市岳은 너무나 경이로웠다. 전날 구름과 안개에 가려져 있던 산형이 오늘은 선명하게 아름다운 자태를 뿜어내고 있었다.

드라마를 본 사람이라면(그냥 상식적으로 생각해도) 알겠지만 내가 보려는 곰은 진짜 곰이 아니다. 입에서 용수를 뿜어내는 곰 모양의 조각물이다. 가는 데 한 시간 가까이 걸리는데 제설이 되어 있지 않은 구간도 있어서 제법 힘들게 걸어 들어가야 한다. 여기 혼자 와서 참 다행이라고 생각했다. 취향이 맞지 않는 사람과 왔다면 '이거 보자고 여기까지 오냐' 한소리 듣기 딱 좋은 곳이었다. 하지만 왕복 두 시간을 걷는 그 시간 동안 푸른 하늘빛과 아름다운 산자락, 차가우면서 포근한 공기들이 모두 좋았다. 마지막의 힘들었던 그 눈길 구간에 있던 다른 이들의 발자국을 보면서 '이 인간들도 참 징하다' 생각했지만, 뒤돌아 나오면서 '나도 참 징하구나' 싶었다.

그렇게 왔던 길을 되돌아와 숙소에 들어왔다. 잠시 맡겨둔 짐을 챙기고 난롯가에서 기차를 기다리고 있자니 주인장이 건너왔다. 주인장은 기차 시간을 함께 기다려주고, 기차 문이 닫히고 떠날 때까지 손을 흔들며 배웅해준다. 물론 숙소를 떠나는 인사지만 기차가 떠날 때까지 해주는 인사에 가슴이 더욱 몽글몽글해졌다. 모리노키도, 민타로도 숙소에서 안 보일 때까지 손을 흔들어주지만 떠나는 기차 안에서 받는 인사는 조금 다른 느낌이더라.

열차를 기다리는 동안 주인장에게 몇 가지 물어보았다. 드라마에서 이 숙소의 주인장은 과거 이곳의 투숙객이었던 것으로 그려지는데, 그게 진짜냐고. 그러자 주인장이 자신은 오래전 여행자로 이 숙소에 처음 발을 디뎠는데, 이곳이 너무 좋아서 제발 살 수 있게 해달라고 선대 주인장에게 부탁했다고 한다. 이런 드라마 같은 상황이 실제라니! 역시 드라마는 현실을 이길 수 없다.

지금은 주인장도 나이가 들어 혼자 운영하기가 힘에 부쳐 이곳을 내놨다고 한다. 기차 노선이 사라진다는 얘기가 나오고부터는 폐선되기 전에 구경하고자 오는 손님들도 좀 있고, 폐선까지 앞으로 7~8년 정도 시간이 있으니 지금이라면 누군가 넘겨받길 원하는 사람이 있지 않을까 싶어 내놨다는 것이다. 어쩌면 언젠가 여름, 플랫폼에서 바비큐를 할 때는 다른 주인장이 나를 맞이해줄지도 모르겠다.

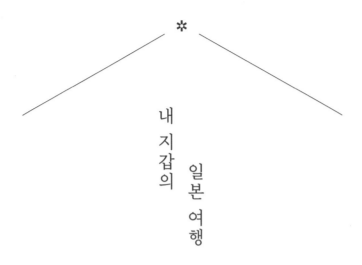

내
지
갑
의
일
본
여
행

　여행 다닐 때 카드지갑 사이즈의 파우치를 잘 들고 다닌다.
가운데 바인더가 있어서 동전을 구분해서 넣을 수 있어 편리
하다. 크기도 작으니 외투 주머니나 가방의 안주머니에 넣어
두곤 한다. 여행용 카드 두 장, 현금 그리고 일본 교통카드, 레
일패스 모두 이곳에 보관하고 이동했다. 이게 발단이었다.

　오타루에서의 게으른, 혹은 머무는 여행을 하다가 야마가
타로 이동해야 할 시기가 찾아왔다. JR 도호쿠-미나미홋카이

도 레일패스 6일권을 사용해서 이동하기로 했다. 히로사키弘前 2일, 모리오카盛岡 3일, 마지막날 야마가타로 들어가는 일정이었다. 히로사키에서 과거 세이칸 연락선으로 이어지던, 지금은 사라진 철길의 흔적을 구경한 뒤 모리오카의 숙소로 가는 도중에 사건은 발생했다.

나는 좌석에 커다란 배낭과 슬링백을 가지고 있었다. 그런데 한적한 열차 안에서 굳이 내 옆자리에 승객이 앉는 것이 아닌가. 전석이 지정석이라 그 사람도 어쩔 수 없었겠지만, 왜 하필 그 자리였는지. 나도 그 사람도 짐이 많아서 넓은 열차 안을 둘이서 좁게 가야 했다. 나는 원래 버스나 기차에서 내릴 때 늘 자리를 뒤돌아보곤 하는데, 창가 좌석에 앉아 있어서 좌석을 빠져나오는 데만 시간이 좀 걸리는 바람에 뒤도 돌아보지 않고 서둘러 열차에서 내렸다. 종착지가 아닌 경유지에서 내려야 해서 여유가 많지 않았다. 일은 꼭 이렇게 돌아보지 않는 날에 터지더라.

문제를 인지한 것은 개찰구에서였다. 레일패스를 찾는데 주머니에서 지갑이 보이지 않았다. 지금까지 이렇게 다니면서 한 번도 문제가 없었다. 다시 뛰어올라가 열차를 확인했으나 당연히 열차는 이미 떠난 후였다. 역 안 벤치에 앉아 가방과 주머니를 전부 열어 뒤져보았지만 결국 지갑은 찾지 못했다. 울먹이다가 가까스로 마음을 진정시키고 역무원에게 가서 사정을 설명했다.

역무원은 무척이나 침착하게 내가 탄 열차를 물어보고, 나를 분실물센터로 데려갔다. 이 역무원은 조금 쌀쌀맞은 분실물센터 직원에게 내 사정을 설명해주고, 자리를 뜨지 않은 채 어떻게 해야 할지 함께 고민해주었다. 일단 수중에 돈도, 카드도 없고 레일패스도 없는 상황. 일단 차내에 전화해서 확인을 해보겠지만 그 자리에 다른 손님이 앉아 있는 경우 자세히 확인할 수 없기에 종점인 도쿄에 다다라서야 확인이 가능하다고 했다. 그리고 거기 있다 해도 이런 경우에는 내가 도쿄로 찾으러 가야 한다. 그래, 가는 건 그렇다 치더라도 돈이 없는데 과연 어떻게 갈 수가 있는지. 그냥 열차에 실어 보내줄 수는 없는지 물어보니 그건 안 된다고 한다.

'아니 저 돈이 없다고요. 거기까진 어떻게 가냐고요….'

말은 하지 않았지만 답답한 상황이었다.

어쨌든 이 모든 고민은 지갑이 온전히 있고나서 해야 하는 고민이니 기다려보기로 했다. 대합실에 앉아 다시 한번 가방을 뒤지며 가만 생각해보니, 비상용으로 가져온 신용카드가 있을 거라는 생각이 들었다. 가방 깊숙이 넣어놓은 여권지갑을 꺼냈다. 그곳에 한국에서 사용하던 신용카드가 있었다! 불행 중 다행인 순간.

일단 숙소로 전화를 걸어 사정을 설명하고 체크인이 좀 늦을 것 같다고 말하며 혹시 카드결제가 가능한지도 물었다. 가능하다는 대답에 일단 한숨을 돌릴 수 있었다. 다시 분실물센터에 가보았다. 차내 직원과 연락한 결과, 예상대로 승객이 있어 제대로 볼 순 없었지만 슬쩍 본 바로는 없었단다.

결국 빈손으로 숙소로 향했다. 그 와중에 비가 너무 많이 와서 카드결제 여부를 확인한 뒤 택시를 탔다. 근데 하차할 무렵, 카드사가 달랐는지 결제가 안 되는 거 아닌가. 정말이지 고난의 연속이었다. 여러 번 시도 끝에 결국 '카카오페이' 결제가 가능하다는 걸 알게 되었다(일본의 간편 결제수단인 '알리페이'와 제휴가 되어 있었다). 그동안 일본에서 모바일 결제를 해본 적이 없었는데, 사람은 역시 이것저것 경험해봐야 한다. '아무리 긴박한 상황이라도 뭐든 하나는 되는구나'를 몸소 깨달을 수 있으니까.

모리오카
게스트하우스
토토토

지갑을 잃어버리고 비까지 내려 서글프고, 망연자실한 상태로 모리오카의 게스트하우스 '토토토ととと'에 도착했다. 이미 전화로 사정을 설명해서인지 주인장은 나를 안쓰럽게 맞아주며 지갑의 안부를 물었다. 프런트에는 먼저 온 손님의 체크인이 진행중이었다. 그들도 도착한 지 얼마 되지 않았는지 현금을 내고 있었다. 뒤이어 내가 카드를 내밀었더니 기계가 더 충전되어야 한단다. 나 때문에 부랴부랴 준비한 거지 원래는 카드결제를 잘 받지는 않는 듯싶었다.

이 숙소에선 일요일 저녁에 주인장이 적당히 재료를 사서 다 같이 저녁을 먹으며 수다를 떠는 '가타루베語るべ'가 열린다. 가타루베는 '말하다'라는 뜻의 도호쿠 사투리다. 참가비가 500엔이라 숙박을 예약할 때 당당히 참가하겠다고 했는데, 단돈 500엔이 없다. 주인장은 괜찮다며 내일 지갑을 찾으면 달라고 한다. 아니어도 어쩔 수 없다며. 그렇게 염치없이 무전으로 저녁을 먹게 되었다. 내내 미안하고 찝찝한 마음에 그 밤을 오롯이 즐기지 못해 아쉬움이 많이 남았다.

확실히 지갑만 아니었다면 더 신났을 날이었다. 그날 가타루베에는 도쿄일본어학원을 졸업하고 디자인전문학교 입학을 앞두고 있는 브라질 여자, 도호쿠대학원에서 유학하고 있는 대만 여자, 삿포로일본어학교를 졸업하고 본국으로 돌아가기 전 일본 여행중인 이탈리아 남자, 그리고 보통열차로만 여행중인 일본인 대학생이 세 명이 있었다. 그리고 10월 홋카이도일본어학교 입학을 예정하고 있는 한국인인 나까지. 그야말로 다국적인 밤이었다. 각국의 유학생들이 모두 영어뿐 아니라 일본어로도 소통할 수 있어 다행이었다. 아니었다면 의도치 않게 조용한 아이가 될 뻔했다.

분실물센터에서 연락을 달라고 했던 다음날 오전 10시가 되었다. 기대와 긴장을 동시에 하며 연락해보았지만 '없다'는 대답만이 돌아왔다. 직원이 말하길 의자 사이에 들어가서 못 찾는 거라면, 이 열차가 도쿄에서 다시 모리오카에 왔다가 센다이로 돌아가 차고지에서 청소하는 그때 찾을 수 있을 것이라 했다. 그게 내일 오전 10시 30분쯤이니 그때 다시 전화를 달라고 한다. 반쯤 포기해야 했다. 그리고 히데오씨에게 지갑을 잃어버렸음을 고지했다. 지갑을 못 찾는다면 어쩌면 신세를 져야 할 수도 있으니.

'저 지갑 잃어버렸어요, 신칸센에 떨어뜨렸나봐요.'

히데오씨는 웬만하면 바로 답장이 오는 사람이 아닌데, 사태가 긴급하다 싶었는지 곧장 답장이 날라왔다.

'괜찮아? 내가 그 게스트하우스 주인장한테 돈을 보낼 수도 있어. 필요하면 편하게 얘기해.'

말만이라도 너무 고마웠다. 지금 당장 돈은 없지만 든든히 기댈 곳이 있다니 히데오씨가 마치 은행장처럼 느껴졌다.

'내일 10시 30분에 다시 전화 달라 했으니 그때까지 기다려 볼게요. 진짜진짜 고마워요. 덕분에 마음이 든든해졌어요.'

'응, 괜찮을 거야. 우린 가족이나 다름없으니 이럴 땐 서로

도와야지. 필요하면 꼭 얘기해.'

다음날 아침은 이곳의 또다른 이벤트인 아침 산책 '아루쿠
베歩くベ' 프로그램이 있는 날이다. 이 역시 도호쿠 사투리로
'걷다'라는 뜻이다. 모두 오전 7시에 모여 한 시간 반 정도 동
네를 한 바퀴 도는 것이다. 어제 가타루베에 참가했던 모두가
아루쿠베에 참가했으므로 분위기는 더 좋았다.

동네 우물을 보고 근처 신사를 지나 공원을 거닐고, 이 동네
의 오래된 유명한 빵집 후쿠다빵福田パン에 들려 아침을 먹었
다. 테이크아웃만 되는 곳이었지만 옆에 앉을 수 있는 공간이
있었다. 자판기에서 음료를 뽑고 다 같이 앉아서 빵을 먹었다.
하지만 안타깝게도 현금만 받는 곳이어서 아침은 거르기로
했다. 숙소에 들어가면 가방에 군것질거리가 있으니 괜찮았
다. 모두가 나에게 권유했지만 고개를 저었다. 두 번의 무전취
식을 할 순 없었다. 하지만 전날 나와 같은 방을 쓰던 브라질
친구가 슬쩍 빵을 사다주었다. 마음이 예뻐 울컥했다. 이게 바
로 눈물 젖은 빵이려나.

숙소에 돌아오는 길에 세븐일레븐을 발견했다. 인터넷을
검색하고 친구에게 알아본 결과, 세븐뱅크 ATM 기계에서 신

용카드로 현금서비스를 받을 수 있다고 하니 시도해보기로 했다. 일행들을 먼저 숙소로 보내고 편의점에 들렀다. 그렇게 3만 엔의 현금을 손에 넣었다. 휴, 이제서야 조금 마음의 여유가 생겼다. 어제 지불하지 못한 500엔을 먼저 지불하고, 빵값도 지불하려 했지만 그녀가 한사코 사양했다.

'그래, 나도 언젠가 곤란한 여행자에게 나누면 돼.'

의욕은 생기지 않았지만 모처럼의 모리오카 여행을 이대로 지나칠 순 없었다. 언제 다시 올지 알 수 없으니 일단은 지금을 즐겨야 한다. 그렇게 외출 준비를 해, 아무 예정이 없는 대만 친구, 브라질 친구와 함께 모리오카성터공원盛岡城跡公園을 산책했다.

대망의 오전 10시 30분, 기도하는 마음으로 분실물센터에 전화를 걸었다. 다행히 센다이역에서 지갑이 발견됐다! 어떻게 보면 어젯밤에 도쿄역에서 발견하는 것보다 상황이 나았다. 레일패스가 없어 편도 경비는 들겠지만 도쿄까지 가는 것에 비하면 아무것도 아니다. 전화를 끊고 가벼운 마음으로 점심을 먹으러 갔다.

모리오카 명물 모리오카냉면은 재일조선인이 고향에서 먹

던 냉면이 그리워 만들어 팔기 시작했다고 하는데, 모리오카
에 오면 꼭 먹어봐야 하는 음식 1순위다. 가고 싶었던 냉면집
은 휴무여서 돌아다니다 적당한 곳에 들어가 냉면을 시켰다.
현금만 받는 곳이었는데, 대만 친구가 현금이 없다고 말했다.
마음 갚을 기회를 놓칠 수 없지.

　"아니야, 괜찮아. 지갑 찾은 기념으로 점심은 내가 살게요.
함께 걱정해주고 신경써줘서 고마워요."

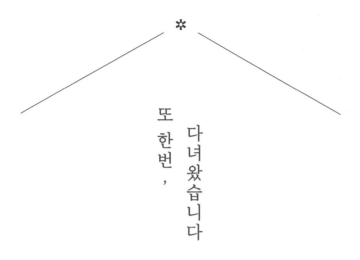

또 한번, 다녀왔습니다

기타야마가타역에 내렸다. 민타로는 야마가타역과 기타야마가타역 사이 주택가에 자리잡고 있는데, 기타야마가타역이 살짝 더 가깝다. 걷기에도 이쪽이 분위기가 더 좋다. 역에서 내려서 익숙한 길을 걸으니 사방이 환해지고 아련한 기분이다. 기찻길을 따라 민타로로 향하는 거리가, 맑은 하늘이, 익숙한 건물들이 나를 반긴다. 도대체 몇 년 만이지. 이렇게 오래 못 갈 줄은 꿈에도 몰랐다. 해를 몇 번이나 넘기고 드디어 하늘길이 열리기 시작하면서 오타루의 친구들이, 야마가타의 친구들이 "미니 안 와?" "언제 올 거야?"라고 물었을 때 그 말들이 달콤하게 들렸다. 당장 갈 순 없지만 곧, 반드시 가겠노라고 힘주어 대답했다.

그렇게 도착한 야마가타현 야마가타시 민타로 헛.

"다녀왔습니다."
"어서 와."

언제든 잘 다녀왔다고, 나를 가족이라고 말해주는 또다른 집에 드디어 도착했다.

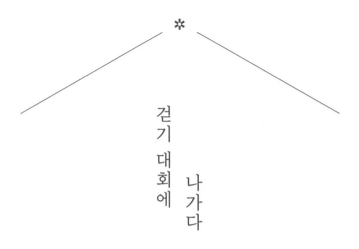

걷
기
대
회
에 　나
　가
　다

　다시 찾은 민타로에서의 생활은 4월에 있을 걷기 대회에 맞
춰져 있었다. 헬퍼가 두 명이나 있기도 했고, 익숙하지 않은
100km 걷기 대회 연습도 해야 하니 이번엔 헬퍼가 아닌 손님
으로 머물렀다. 두 헬퍼가 체력적으로나 정신적으로 힘들 때
가 많아 보여(그냥 지나치지 못한다) 반쯤은 헬퍼의 입장으로
있었지만 그래도 이전보다는 자유로운 생활을 했다.

　히데오씨와 매일 함께 걷는 훈련을 했다. 사정이 생겨 못 걷
는 날은 다음날 아침에라도 걸었다. 그래봤자 최대 6km 정도

였지만 매일 걷는 데 의의를 두었다. 연습 삼아 좀 길게 걸어야 했는데, 도저히 몸 상태가 그렇게는 못하겠더라. 그런데 사실 체력만의 문제가 아니다. 느린 속도의 걷기를 좋아하는 사람으로서 대회용 걷기 연습이 어렵다. 꽃구경이며, 골목 구경으로 걷다 멈추기를 수십 번 하기 때문에 거리에 비해 시간이 터무니없이 오래 걸리곤 한다. 야마가타를 걸을 때도 마찬가지다. 봄이 오고 있으니, 거리에는 나의 눈길을 끄는 것들이 수두룩하다.

'안 돼, 미니. 앞으로 나아가란 말야.'

스스로에게 이건 산책이 아니라 연습이라고 끊임없이 얘기하며 앞으로 나아간다. 그래도 약간의 심리적 압박감은 싫어하지 않는다. 강제는 아니지만 적당한 의무감이 드는 것. 이 정도면 딱 괜찮다.

시오야마치에서 열리는 100km 걷기 대회는 24시간이라는 제한 시간 안에 100km를 걷는 스포츠다. 매번 민타로 식구들이 참가하는 것만 구경했는데, 히데오씨의 권유로 나도 드디어 올해 '팀 민타로'라는 이름 아래 함께하게 되었다. 인생에는 혼자라면 상상도 할 수 없는, 못 하는 혹은 안 하는 일들이 많은데, 나에게는 그중 하나가 100km 걷기였다. 하루에 10km 걷는 것도 큰일인데 100km라니, 꽤나 무리가 되는 일이다. 혼자라면 겁이 나서, 무모해서 하지 않을 일도 누군가와 함께라면 용기를 내게 된다. 무엇보다 '100km를 다 걷지 않아도 돼. 걸을 수 있을 만큼만 걸으면 되니까'라는 히데오씨의 말이 큰 역할을 했다.

결론부터 말하자면 나는 결국 40.8km 지점에서 '타임오버'에 걸렸다. 타임오버 된 사람들은 주최측에서 준비한 버스를 타고 출발 지점으로 돌아간다. 근데 웬걸, 함께 대회에 참가한 밋키씨가 멀끔한 행색으로 버스 하차하는 곳 코앞에서 나를 기다리고 있었다. 그동안 이 대회에는 '100km 골'만 존재해 100km를 전부 걸어야 일종의 수료증인 '완보증'을 받을 수 있었는데, 올해부터 '50km 골' '70km 골'이라는 새로운 규칙이 생겨서 원한다면 중간 지점에서 완보증을 받을 수 있었다. 올해 밋키씨는 50km를 선택해 골인을 하고 여유롭게 다른 사람들을 기다린 것이다.

팀 민타로의 단체 채팅방은 대회중에도 중간중간 자기 상황이나 다른 사람들의 상황들을 알리는 비상연락망 역할을 한다. 물론 대회가 끝나면 서로 사진을 올리는 친목의 방이 되기도 한다. 나는 걷는 도중에는 도저히 여유가 없어 단 한 줄의 메시지도 보내지 못하다가 40.8km에서 간신히 타임오버 소식을 알렸다. 그랬더니 누군가 밋키씨에게 연락해서 '이 친구 좀 데려와주세요'라고 말해둔 모양이다. 덕분에 나는 그의 안내에 따라 야키소바와 딸기를 먹었다. 아마 밋키씨가 없었다면 그대로 체육관으로 돌아가서 옷을 갈아입고 곧장 뻗었을 거다. 추위에 덜덜 떨었기에 어쩌면 감기에 걸렸을지도 모르겠다.

결국 완보증은 받지 못했지만 언제 또 이런 경험을 하겠나 싶었다. 힘들었지만 최선을 다했고, 준비하는 과정도 대회 전후로도 즐거웠다. 이 감정과 경험만으로도 또다시 대회에 참가할 충분한 이유가 되었다.

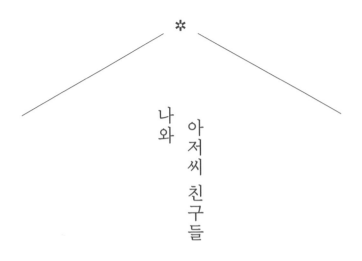

나와 아저씨 친구들

걷기 대회에 참가하는 사람들은 '우쓰노미야 민타로'라고 불리는 곳에서 숙박을 해결한다. 앞서 히데오씨에게 걷기 대회를 전파했던 민타로 단골손님의 빈집이다. 꽤 넓은 2층 주택인데 아마 예전에 부모님과 함께 살던 집인 듯싶다. 하지만 내년부터 해외에 살던 아들 내외가 들어와 산다고 하니, 이곳에서 지낼 수 있는 건 올해가 마지막일 것이다.

걷기 대회 다음날은 다 함께 라멘가게에서 끼니를 해결한 뒤 해산한다. 해산 후에는 밋키씨가 나와 놀아주기로 했다. 히데오씨는 밋키씨에게 대회가 끝나면 민타로 헬퍼로 오라고, 나는 나랑 놀러가자고 그를 꼬드겼다. 밋키씨는 '놀자'는 내 꼬드김에 흔쾌히 응해줬고, 이후 다른 일행들까지 합류하여 총 네 명이서 여행을 하게 되었다.

밋키씨가 어디에 가고 싶냐고 묻기에 우쓰노미야의 근처 지역인 닛코日光에 가보고 싶다고 답했다. 일본인 모두가 한 번쯤 가보는 것이 좋다고 알려준 곳이다. 찾아보니 에도막부 초대 쇼군인 도쿠가와 이에야스의 위패가 보관되어 있어 일본인에게 의미 있는 곳이라 그토록 다들 추천했지 싶다. 그렇게 도착한 닛코도쇼구日光東照宮신사는 생각보다 더 관광지라서 놀라웠지만, 주변의 선선한 공기며 화려하고 신비로운 건축물이 좋았다.

하지만 계단이 무척이나 많았다. 원래도 계단과 오르막에 약하지만 전날 40km 걷기의 여파로 다리가 제대로 움직이지 않던 상황이라 구경에 오랜 시간이 걸렸다. 어째 지팡이를 짚은 어르신들보다 더 느린 걸음으로 계단을 오르고 내렸다. 그나마 난간이 있는 곳은 거기에 의지할 수 있었는데, 난간 없는 불규칙한 돌계단들은 정말이지 너무나도 힘겨웠다. 밋키씨는 옆에서 웃으면서도 한쪽 팔을 내주었고, 추위에 덜덜 떨고 있는 내게 패딩을 꺼내 입혀주기도 했다.

사실 밋키씨는 이번이 겨우 두번째 만남이다. 첫번째 만남은 심지어 4년 전이다. 횟수로 치자면 많지 않지만 3주 가까이 함께 헬퍼로 일했고, 이름도 밋키(미키)와 미니라는 유사점도 있어서 친하게 지냈던 것 같다. 그의 캐릭터를 조금 설명하자면 부탁을 잘 들어주는 성격이랄까. 체크 셔츠를 자주 입어서 어딘가 우리 아빠를 닮았다 싶었는데, 이번에 보니 흰머리까지 늘어 한층 더 비슷해졌다. 그래서인지는 몰라도 유독더 친근하게 느껴지는 친구(!)다.

밋키씨와 동갑이지만 마찬가지로 친구처럼 지내는 또다른단골손님이 바로 아키라씨다. 밋키씨와는 뭔가 다른 결의 친절함을 가지고 있다.

걷기 대회 전날, 아키라씨가 뜬금없이 연락해서는 귀국 날짜를 묻더니 그럼 이번에 만날 수 있겠다며, 자기 동네로 오면자기가 여행 안내를 하겠단다. 아키라씨는 이렇게 대뜸 친절을 베풀곤 한다. '혼자 알아서 잘 여행하고 가겠지' 하고 모른척해도 상관없지만, 현지인이 나서서 동행해주는 친절함은 여행자로서 무척이나 고맙다.

닛코에서의 짧은 여행을 마치고 아키라씨가 사는 사이타마埼玉로 여행할 겸 이동했다. 그는 모처럼 일본에 와서 좋은 추억을 가져갔으면 좋겠다며 차로 두 시간도 넘게 걸리는 히쓰지야마공원羊山公園에 데려갔고, 역사 깊은 신사라며 미쓰미네신사三峯神社에도 데려다주었다. 혼자라면 절대 가지 않을 장소들이지만 나 덕분에 가보는 거라고 말했다. 그렇게 자기 세계도 넓어지면 좋은 거 아니겠냐는 말도 함께 덧붙였다. 그는 좋고 싫음이 명확한 사람이라 가끔은 거칠게 느껴질 때도 있는데, 반대로 그런 점 때문에 편하게 느껴질 때도 있다. 타인에게 맞춰주느라 억지로 따라갔다가 씁쓸해질 상황을 만들지 않으니까.

시오야마치로 향하기 위해 민타로를 떠나던 날, 헬퍼 한 명이 나에게 엽서가 왔다며 건네주었다. 응? 여행자인 나에게 엽서를 보낼 사람이…? 찬찬히 서명을 보니 아키라씨였다. 한자를 잘 모르기도 하지만 무척이나 휘갈겨쓴 난필이라 히라가나를 읽어내기도 힘들어, 우쓰노미야 숙소에 도착해 다른 사람들의 도움을 받아 겨우겨우 읽어냈다.

팀 민타로가 걷기 대회에 참가한 그 전날까지 아키라씨는 오키나와의 이리오모테섬西表島에 있었단다. 그 섬은 지역종인 '이리오모테삵'이 유명한데, 삵이라기엔 고양이처럼 팔다리와 꼬리가 짧은 것이 특징이다. 그런데 그가 "그걸 보니 어딘가 미니와 닮았다고 생각했어"라고 엽서에 써보낸 것이다.

"무슨 뜻이야. 팔다리가 짧다는 거지?"

헛웃음을 지으며 말하니, 함께 엽서 해독을 해준 친구가 아키라씨를 두둔했다.

"귀엽다는 뜻 아냐?"

"귀엽다는 말은 한마디도 없잖아. 지금 나보고 팔다리가 짧다는 거잖아!"

나는 장난기를 섞어 짜증을 냈다. 대뜸 이런 엽서를 보내오는 것이 아키라씨답다.

단번에 친절하지는 않아 냉정한 사람인가 싶지만 끝내는 친절한, 불쑥 어딘가를 안내해주겠다고 연락해오는 아키라씨. 나이를 자꾸 까먹게 만들 정도로 유쾌하고, 세심하고 든든하게 배려해주는 밋키씨. 민타로에서 만난 내 소중한 아저씨 친구들이다. 항상 건강하게 나와 오래오래 놀아주기를!

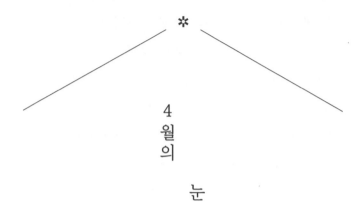

4
월
의

눈

    대학 때 떠난 것 말고는 줄곧 야마가타에서 살아온 야마가타 토박이 히데오씨는 취미로 합창을 한다. 취미라 하기엔 좀 열심이긴 하지만 어쨌든 분명한 취미다. 전공은 경제였다는데 피아노 선생님을 했고, 지금은 야마가타남자고등학교 동창생들과 남성 중창단을 꾸려서 합창단 지휘를 맡기도 한다. 또 일주일에 두 번 동네 아주머니들에게 영어를 가르치기도 한다. 가끔은 철도 마니아들의 온라인 모임도 갖는다. 늦게 일어나는 편이니 얼핏 보면 게으른 사람 같지만 엄청 바쁘게 살고 있는 사람이다.

이렇게나 취미에 진심인 히데오씨는 일주일에 두 번 합창 연습을 하러 숙소를 비우곤 했는데, 그동안 연습한 것들을 발표하는 합창회는 매해 벚꽃이 한창인 4월에 열렸다. 그런데 전날 새벽부터 눈이 펑펑 내렸다. 벚꽃이 피는 봄날에 합창회라니 낭만적이라 생각했는데, 하늘이 자기를 빼고 훈훈해지는 것에 시샘이라도 한 걸까. 아침에 일어나니 눈이 주차장과 자동차들 위로 소복하게 쌓여 있고, 차가운 공기가 대기를 가득 채웠다. 밤중에 눈 내리는 걸 못 본 게 아쉬웠지만 한편으론 걱정도 되었다. 벚꽃들은 밤새 무사한지, 오늘 합창회는 무사할지. 컨디션들이 좋아야 할 텐데. 그럼에도 봄날 같은 노래들이 갑작스럽게 다시 찾아온 겨울 공기를 녹여줄 거란 기대로 아침을 맞이했다.

원래대로라면 히데오씨는 늘 오후 12시가 지나서야 거실에 나타나지만 이날은 오전 7시 반부터 일어나 준비를 시작했다. 공연은 오후지만 오전 9시부터 리허설이 있단다. 착착 준비하는 그와 달리, 나는 씻지 않은 얼굴로 그를 배웅할 준비를 했다. 따뜻한 게 배 속에 들어가면 노래도 잘할 거라는 마음에 한국에서 가져온 누룽지를 끓였다.

공연장은 야마가타역에서도 좀 떨어진 홀이었다. 걸어가면 30분 남짓 걸린다며 준비를 서두른다. 확실히 히데오씨라면 충분히 걸어갈 수 있는 거리지만 오늘은 눈도 왔으니 내가 차로 데려다주겠다 했다. 그러자 시간적 여유가 조금 생긴 히데오씨는 내가 끓인 누룽지도 먹고 한숨 돌린 뒤 여유 있게 출발할 수 있었다.

늘 입는 민타로 티셔츠에 이상한 바지 대신, 검정색 셔츠에 검정 바지를 입은 히데오씨는 그동안 볼 수 없었던 낯선 모습이다. 공연장으로 향하는 그를 향해 응원의 말을 건넸다.

"히데오상, 힘내!"

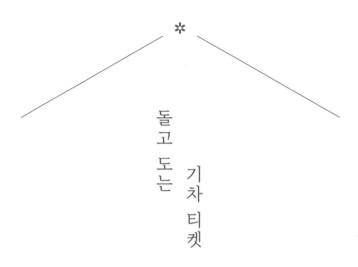

돌고 도는 기차 티켓

4월의 어느 날, 벚꽃 비를 실컷 즐기고 민타로로 돌아오니 처음 보는 손님이 내게 오늘까지 쓸 수 있는 열차표를 주었다. 아무데도 갈 생각이 없던 터라 고민했지만 결국 길을 나섰다. 오늘만 쓸 수 있는 표니까.

어디를 갈까 하다가 히데오씨의 추천으로 가게 된 가미노 야마온센かみのやま温泉역. 역 이름에서부터 '온천'이 붙어 온천이 유명한 곳이구나 싶었다. 이른 시간이었으면 당일치기 온천 준비를 하고 나섰을 텐데, 이미 오후를 지나고 있어서 온천

은 패스하기로 했다. 대신 가미노야마성上山城郷土資料館 바로 옆에 있는 야외 족욕탕으로 가서 벚꽃을 올려다보기로 했다. 카페를 갈까 싶었지만 그것도 귀찮아서 숙소에서 준비해온 텀블러 속 커피를 꺼내 마시며 한가하게 족욕으로 시간을 보냈다. 역시나 게으른 여행객이다. 이 우연한 선물을 기념하고자 열차표 사진을 찍어 SNS에도 올렸다. 마지막으로 성 주변과 이어진 쓰키오카공원月岡公園을 한 바퀴 더 돌고 어둑어둑해진 시간에 민타로에 돌아왔다.

이미 시작된 윤타쿠에 쭈뼛쭈뼛 합류하여 저녁을 먹고 있는데, 아직 체크인하지 않은 손님이 있었는지 문을 열고 들어오는 사람이 있었다. 어라? 뭔가 낯익은 얼굴이라 한참을 보는데… 이놋치다! 이놋치는 이전에 민타로에서 같이 헬퍼를 했던 친구인데, 도쿄대를 졸업하고 이바라키茨城에서 연구 일을 한다고 했다. 옥수수 같은 친환경 소재로 플라스틱 대체재를 만들고 있다니, 나와는 전혀 다른 세계 사람 같지만 제법 대화가 잘 통하는 친구다.

오랜만에 만난 이놋치와 안부를 나누고, 심지어 여자친구와 영상 통화도 하며 오랜만의 만남을 즐겼다. 그가 숙박을 하는 줄 알았는데 시간이 되니 여자친구 집에 간다고 한다. 그녀가 그주 금요일에 이사를 해야 하는데 다리를 다쳐 입원중이라 대신 짐을 싸주러 간다는 것이다. 제법 늦은 시각이라 여자친구네 집에는 어떻게 가냐고 했더니 열차를 타고 간단다. 문득 생각이 났다. 모르는 사람에게 받은 열차표.

주머니에서 표를 꺼내 펼쳐 보이니 이눗치 얼굴에 웃음이 뜬다. 이미 SNS로 사진을 보았다고 했다. 게다가 여자친구의 집이 가미노야마온센역 근처란다. 잘됐다며 기꺼이 그에게 표를 넘겼다. 안 그래도 표를 애매한 시간에 받고, 멍 때리다가 출발마저 좀 늦어진 바람에 공짜 표를 제대로 쓰지 못한 것이 아깝던 차였다. 더 탈 수 있는데, 누군가 사용해주면 좋겠다고도 생각했다. 그게 바로 이눗치가 될 줄이야. 또 가미노야마온센역까지 갈 줄이야. 이 티켓은 오늘 가미노야마로 갈 운명이었나보다.

내가 받은 선의를 다시금 선의로서 넘길 대상을 만난다는 것. 이렇게 인연과 행운이 돌고 돌아 끝이 나지 않는 이야기는 여행자만이 경험할 수 있는 특권이다.

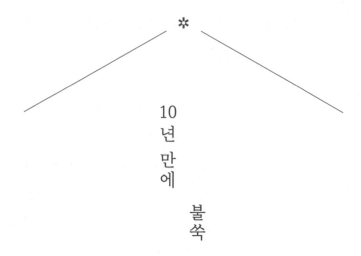

10
년
만
에

불
쑥

    10년 전 겨울, 후라노·비에이 투어를 간 적이 있다. 지금이야 엄청나게 많은 일일투어 업체들이 생겨서 두 지역 관광지에 가면 관광버스들을 흔히 마주치지만 그때까지만 해도 지금처럼 많진 않았다. 나는 그 당시 네이버 카페에서 알게 된 어느 투어에 참가한 것이었는데, 한국인이 운영하는 투어로 차가 없으면 다니기 힘든 후라노와 비에이의 주요 관광지들을 버스로 도는 소규모 프로그램이었다. 승합차에 열 명 남짓 태우고 떠나는 그 하루 동안의 여행이 너무 좋아, 일본어를 더 열심히 공부해 이런 데서 일하면 어떨까란 생각이 들었다. 가이드님께 슬쩍 물어보았다.

"혹시 사람 안 구하세요?"

"그럼 대형면허 따고 오세요."

한국에서는 1종 보통면허만으로 15인승 이하 차량까지 운전이 가능하지만 일본은 우리와 달랐던 것이다. 그때부터 언젠가 대형면허를 따리라 막연하게 다짐했다. 역시나 선천적 겁쟁이라서 쉽게 용기를 내지 못했지만 말이다. 버스를 운전하겠다는 욕심은 없지만 9인승이나 10인승 정도는 운전하게 될지도 모르니까. 내 친구들을 한꺼번에 다 태우려면 그 정도는 돼야 하니까.

그 용기를 10년 만에 내보았다. 일본 출국을 앞두고 학원에 등록했다. 학과 세 시간, 장내기능 열 시간의 수업을 모두 이수한 날, 바로 시험을 치렀다. 모든 수행 과정을 감점 없이 무사히 완료했지만 아쉽게 시간 초과로 97점. 합격이다!!!

차에서 내려 사무실로 들어가 기존 면허증을 반납하고 영문 이름을 기록하는데 사무실 직원도 눈치챌 정도로 손이 후들후들 떨렸다. 살면서 대형면허를 쓸 일이 얼마나 있겠냐마는, 마음속에 든든한 집 하나 장만한 기분이 들었다. 일본에 있게 될 1년 동안 이 면허가 필요하지 않더라도 내가 이런 식으로 세상과 인생의 언덕을 하나씩 하나씩 넘고 있다는 사실을 자주 되새겨볼 참이다.

아무리 나이를 먹더라도 이런 식으로 살아가겠다고 마음먹는 한 힘든 일은 점점 내게서 멀어지고 좋은 사람들만 가까이 와줄 거라는 믿음, 나는 그것만 짊어지고 가야겠다는 생각이다.

아무 일도 일어나지 않을 수도 있고

또 너무나 많은 일들이 일어날 수도 있을 거란 예감.

하지만 그 모두의 방향은 좋은 쪽일 거라는 것.

잘했고, 잘할 것이고, 그래서 또한 잘될, 내 인생.

삿포로 갔다가 오타루 살았죠

초판 인쇄 2023년 10월 23일
초판 발행 2023년 10월 31일

글 김민희

책임편집 변규미
편집 윤희영
디자인 조아름
마케팅 정민호 박치우 한민아 이민경 정경주 박진희 정유선 김수인
브랜딩 함유지 함근아 고보미 박민재 김희숙 박다솔 조다현 정승민 배진성
제작 강신은 김동욱 이순호

펴낸이 이병률
펴낸곳 달 출판사
출판등록 2009년 5월 26일 제406-2009-000034호
주소 10881 경기도 파주시 회동길 455-3
이메일 dal@munhak.com
SNS dalpublishers
전화번호 031-8071-8683(편집) 031-955-8890(마케팅)
팩스 031-8071-8672

ISBN 979-11-5816-172-9 (03810)